Um Barco Remenda o Mar
DEZ POETAS CHINESES CONTEMPORÂNEOS

Um Barco Remenda o Mar

Dez Poetas Chineses Contemporâneos

ORGANIZAÇÃO
Yao Feng e Régis Bonvicino

© 2007 Martins Editora Livraria Ltda., São Paulo, para a presente edição

COLEÇÃO SIBILA
DIREÇÃO Régis Bonvicino

CAPA Ronaldo Fraga
ILUSTRAÇÕES Wangyi
DESIGN E COMPOSIÇÃO Ricardo Assis
NORMALIZAÇÃO E TEXTO ADICIONAL Maria do Carmo Zanini
REVISÃO Simone Zaccarias

Dados Internacionais de Catalogação na Publicação (CIP)
(Câmara Brasileira do Livro, SP, Brasil)

Um barco remenda o mar: dez poetas chineses contemporâneos / organização
Yao Feng e Régis Bonvicino. – São Paulo: Martins, 2007. – (Coleção Sibila).

Vários autores
ISBN 978-85-7707-004-6

1. Poesia chinesa – Coletâneas I. Yao Feng II. Bonvicino, Régis.

07-6787   CDD-895.1808

1. Antologia: Poesia: Literatura chinesa	895.1808
2. Poesia: Antologia: Literatura chinesa	895.1808

Todos os direitos desta edição no Brasil reservados à
Martins Editora Livraria Ltda.
R. Prof. Laerte Ramos de Carvalho, 163
01325-030 São Paulo/SP – Brasil
Tel.: (11) 3116 0000 – Fax: (11) 3115 1072
info@martinseditora.com.br
www.martinseditora.com.br

Sumário

O mandato celestial • Régis Bonvicino, 13
À sombra da realidade • Yao Feng, 21

NOVE POETAS

北島 • Bei Dao, 28
   黑色地圖 • Mapa negro, 30
   拉姆安拉 • Ramalá, 34
   時間的玫瑰 • A rosa do tempo, 36
   晴空 • Céu claro, 38
   同行 • Colega, 40
   六月 • Junho, 42
   無題 • Sem título, 44
   路歌 • Cantiga da estrada, 46
   給父親 • A meu pai, 48
   那最初的 • O princípio, 52

嚴力 • Yan Li, 55
   還給我 • Devolvam-me, 56
   魚鉤 • Anzol, 58

于堅 • Yu Jian, 61
   这个夜晚暴雨将至 • Hoje ao anoitecer uma tempestade se aproxima, 62
   关于玫瑰 • A respeito da rosa, 64

顧城 • Gu Cheng, 69
　來源 • Origem, 70
　遠和近 • Longe ou perto, 72
　再見 • Adeus, 74
韩东 • Han Dong, 77
　你的手 • Tua mão, 78
西川 • Xi Chuan, 81
　我居住的城市 • A cidade onde moro, 83
　在哈爾蓋仰望星空 • Contemplando o céu estrelado em Haergai, 84
盧衛平 • Lu Weiping, 87
　無法拯救的人 • Salvação falhada, 88
　恍惚 • Distraído, 90
田原 • Tian Yuan, 93
　八月 • Agosto, 94
　作品一號 • Obra nº 1, 98
宇向 • Yu Xiang, 103
　理所當然 • Logicamente, 104
　低調 • Voz baixa, 106

APÊNDICES

O décimo poeta • Régis Bonvicino, 111

姚風 • Yao Feng, 114
　狼来了 • O lobo e as ovelhas, 116
　為大平煤礦死難者而寫 • Para os mortos na Mina de Carvão Daping, 118

白夜 • Noite branca, 120
阿姆斯特丹 • Amsterdã, 122
結局 • Fim, 124
長満青苔的石頭 • Uma pedra coberta de musgo, 126
黃昏的雨 • Chuva ao fim da tarde, 128
三月 • Março, 130
鹹魚 • Peixe salgado, 132
車過中原 • Passagem pelo Planalto Central, 134

Encontro de línguas: os desafios da tradução • Yao Feng, 137

República Popular da Liberdade: a poesia chinesa na internet • Yao Feng, 149

Os organizadores, 165

Tradução

Yao Feng
Régis Bonvicino
Maria do Carmo Zanini

com

Iona Man-Cheong
Eliot Weinberger
Michael Day

De Bei Dao, todos os poemas foram traduzidos a partir da tradução inglesa de IMC e EW, cotejados com o chinês por YF. "Mapa negro", "A rosa do tempo", "Céu claro" e "Colega": RB. "Ramalá", "Junho" e "Sem título": RB e MCZ. "O princípio" e "Cantiga da estrada": MCZ. "A meu pai": MCZ e RB.

De Yan Li,"Anzol": RB e YF.

De Yu Jian, "Hoje ao anoitecer uma tempestade se aproxima" e "A respeito da rosa"; de Han Dong, "Tua mão"; de Xi Chuan, "A cidade onde moro" e "Contemplando o céu estrelado em Haergai": RB e MCZ, a partir da tradução inglesa de MD, cotejados com o chinês por YF.

Todos os demais poemas: YF e RB.

De Yao Feng, "Passagem pelo Planalto Central": RB, a partir de tradução literal do autor.

O mandato celestial
RÉGIS BONVICINO

Para o cientista político Guilhermo O'Donnel, que cito por meio de artigo de Gilberto Dupas, a democracia pressupõe seres humanos detentores de dignidade e possuidores de direitos.[1] Por isso, o desenvolvimento econômico, para ele, só é democrático quando produz sociedades eqüitativas que incluem tais valores como cláusulas vivas. Esse não é o caso da China, que – apesar de crescer em torno de 10% ao ano desde as reformas de Deng Xiaoping (1978-9) e de ser para o mundo, segundo James Kynge, "uma questão (país) de importância internacional diária a partir de 2003"[2] – permanece "socialista", com 70 milhões de pessoas que sobrevivem com dois dólares ao dia e com um contingente de 120 milhões de trabalhadores migrantes que aceitam salários pré-industriais. Uma China que se vale da endêmica cópia de produtos ocidentais, sem respeito aos direitos de reprodução, para catapultar seu crescimento econômico alucinado. Coincidentemente, a China e os Estados Unidos são os dois maiores emissores de gases poluentes da Terra. E outras coincidências há entre eles: a rasura das liberdades públicas, que, no caso dos norte-americanos,

1. Gilberto Dupas, "Massas populares e democracia", *O Estado de S. Paulo* (21 jul. 2007).
2. James Kynge, *A China sacode o mundo* (Rio de Janeiro, Globo, 2007).

parecia ter atingido seu ápice com o Patriot Act de 26 de outubro de 2001. Sob o pretexto de lutar contra o terrorismo, a lei suprimiu inúmeros direitos civis básicos, revogando a democracia plena naquele país. E agora, com o Foreign Intelligence Surveillance Act, aprovado em julho de 2007 pelo Congresso norte-americano, inclusive por alguns senadores democratas, o Patriot Act tem seus poderes ampliados: qualquer cidadão pode ser alvo de escutas sem a necessidade de uma ordem judicial.

Ilustra o caso chinês o filme *Em busca da vida* (2006), de Jia Zhang-Ke. Nele, narra-se a história de duas pessoas à procura de seus cônjuges numa cidade em vias de desaparecer sob as águas da represa Três Gargantas. A personagem Han Sanming, trabalhador das minas de carvão, viaja para Fengjie – a cidade que vai submergir no rio Yangtzé – em busca de sua ex-esposa, que ele não vê há dezesseis anos.

Permito-me um parêntese para dizer que esse episódio da película remete, no caso deste livro, a um poema de Yao Feng – um bilíngüe chinês-português, residente em Macau, que co-editou esta mostra comigo, na condição de líder do projeto. O poema intitula-se "Para os mortos na Mina de Carvão Daping" e começa: "Os cadáveres foram carregados/ um a um,/ e o último a ser levado era apenas mais um"; para se concluir numa estrofe que sintetiza as contradições já apontadas: "Todavia, no mundo terrestre/ o vento continua soprando frio e a energia/ é cada vez mais objeto de cobiça./ O crematório? Insumo energético da China". China, aqui, significa o Estado chinês.

No filme, a segunda personagem, a enfermeira Shen Hong, retorna à cidade para visitar seu marido, que não encontra há dois anos. *Em busca da vida* é um filme que revela desencontros e, entre eles, o da economia com as liberdades públicas na China. De acordo com Luiz Zanin, "esses custos [do desenvolvimento] implicam o desaparecimento de cidades milenares de um dia para o outro [...]. Implicam também a dispersão de pessoas, que, não tendo mais onde morar ou no que trabalhar, serão realocadas em outras partes do país. Assim, é da morte que fala esse filme: morte cultural".[3]

Os poetas que integram esta mostra, que ora apresentamos ao público brasileiro, situam-se dentro desse quadro. O mais velho deles, o extraordinário Bei Dao, nasceu em 1949, ano em que a China se tornou "socialista" sob Mao Tse Tung. Aliás, Bei Dao, que em 1989 estava no exterior, não pôde retornar a seu país, proibido pelo governo, em conseqüência do massacre promovido por Deng Xiaoping nas ruas em torno da praça da Paz Celestial, pois os manifestantes que pediam a liberdade e o fim de uma inflação em espiral ascendente carregavam em cartazes alguns de seus versos: "Para não me ajoelhar na Terra/ contrastando assim com a elevação do carrasco/ que impede os ventos da liberdade".

Ilustra também as contradições chinesas a história real de Zeng Jinyang, de 23 anos. Jinyang dirige uma ONG de

---

3. Luiz Zanin, "Em busca da vida", *Luiz Zanin: Cinema, Cultura & Afins*, <http://blog.estadao.com.br/blog/zanin> (21 jul. 2007).

luta contra a Aids. Seu marido, Hu Jia, um ativista dos direitos humanos e ambientalista, desapareceu de súbito em fevereiro de 2006, o que a levou a enviar milhares de mensagens eletrônicas e cartas para políticos do mundo inteiro e organizações internacionais como a ONU, com o objetivo de pressionar o governo chinês a revelar o destino de seu par. A estratégia deu certo: 41 dias depois, Jia reapareceu para, no entanto, ser sumariamente condenado à pena de detenção domiciliar de 241 dias. Ambos estão proibidos de sair da China. Zeng Jinyang costuma usar camisetas onde se lê: "House arrested again".

Para o atual presidente chinês, Hu Jintao, que tomou posse em 2003, harmonia significa estabilidade, e estabilidade significa impedir qualquer discrepância ou insurgência contra seu modelo de governo. Hu Jintao foi o primeiro líder civil a governar o Tibete (anos 1990), após uma das muitas rebeliões daquele país contra o domínio chinês, e esmagou com sucesso todos os levantes que se deram sob sua gestão. Em termos de direitos públicos, Jintao é partidário de mudanças "lentas e graduais". As posições do presidente Jintao lembram-me versos dos poetas deste livro. Yan Li, no poema irônico "Devolvam-me": "Devolvam-me aquela porta sem fechadura"; Xi Chuan, em "A cidade onde moro": "Todavia ela sempre vai existir/ porque na cidade onde moro/ ninguém vive aqui". Ou o excelente poema de Yan Li, "Anzol", que vale a pena ser transcrito na íntegra porque revelador do beco sem saída chinês: "Após esperar muitos anos/ meu anzol/ flutuou por si mesmo/ no tanque estéril de peixes/ Flutuou por mais anos/ ainda sem outro desfecho/ meu anzol acabou/ por devorar-se a si mesmo".

O país que devora a si mesmo, que tem vinte cidades entre as mais poluídas do mundo e enchentes arrasadoras, além da paralisia institucional e da pobreza africana, apesar do crescimento econômico. Por *tian li*, o mandato celestial, os fins justificam quaisquer meios. *Tian li*: a auto-imagem chinesa de superpotência milenar. Segundo Kynge, para os imperadores, a fome não era apenas um desastre que poderia causar – e muitas vezes causava – rebeliões. Era também o insulto supremo. Os imperadores eram *tian zi*, filhos dos céus, e, como tal, encarnavam o elo entre a terra e as autoridades celestes, que controlavam a chuva, o vento e o clima. Desse modo, secas, inundações, fomes e outros desastres naturais eram vistos pelo povo como prova de que o imperador havia perdido o *tian li*, o mandato celestial – que Hu Jintao parece tanto prezar com sua mão de ferro.

Para falar deste livro, tenho de retomar o tema da "pirataria". Kynge relata que a Honda, que foi copiada pela Lifan chinesa, acabou por imitar a cópia para poder voltar a liderar o mercado de motocicletas na China. Ele conta ainda que, quando visitou Chongquinq – imensa cidade chinesa –, catalogou, com a ajuda de auxiliares, 320 mil tipos de diversos produtos contrafeitos, de aparelhos eletrodomésticos a telas de Van Gogh, Chagall e Monet. Nos dez poetas chineses que selecionamos, mais pelo resultado do poema na língua de chegada (português) do que pelo escrito na língua de partida (chinês), não há contrafação, mas, bem ao contrário, originalidade em si e originalidade para os olhos ocidentais: o verdadeiro mandato celestial.

O que escrevi para apresentar a poesia de Yao Feng – amigo e parceiro de uma década – vale para os demais autores, exceto para Bei Dao, com uma poética amarga, marcada pelo exílio de quase vinte anos e por seus constantes deslocamentos *across the world*, algo que foi obrigado a fazer, como se fosse uma espécie culta de Han Samming, de *Em busca da vida*. Reproduzo: "Yao Feng é um poeta original, atento à vida contemporânea. Em seu trabalho, refabula as fábulas clássicas, trazendo-as para o cotidiano, para confabular contra a morte da própria poesia [...]. Sua sensibilidade é franca, pura, mas não 'ingênua', e, em conseqüência, aberta de verdade aos fatos do mundo; seu olhar é afetivo, sem, no entanto, deixar de ser suficientemente crítico". De um modo geral, há astúcia nos poemas ora editados, diferente da astúcia – perversa – ocidental. E um humor "arteiro", completamente diverso do nosso. Essa poesia, sinto-a também truncada, por razões óbvias, como se usasse intuitivamente uma técnica de guerra, o *cut-out* beckettiano, por exemplo, com versos curtos e abruptos e/ou versos longos sincopados. Esses poetas e poemas preservam, mesmo que agora dialoguem com o Ocidente por meio de cem milhões de computadores e 350 milhões de celulares, a cultura milenar chinesa (esmagada pela hidrelétrica Três Gargantas), com feição contemporânea, como nos ensina Feng em sua introdução e em seus ensaios nos apêndices. Há, sem dúvida, duas dúzias de outros poetas relevantes a serem ainda vertidos para o português, mas, ao menos segundo os críticos chineses, traduzimos os quatro principais poetas da atualidade: Bei Dao, Yu Jian, Han Dong e Xi Chuan. Pequenas porções, mas porções. A poesia de Bei Dao é um caso raro de poesia – para utilizar um *insight* de Octavio Paz – que se encarnou na história: os cartazes da praça da Paz Celestial.

Uma palavra sobre a tradução: os poemas de Bei Dao e de alguns outros foram traduzidos do inglês e, depois, cotejados com o chinês por Feng, que lhes fez correções. Os outros foram traduzidos direta e literalmente por Feng a partir do chinês e retrabalhados por mim em português, sob sua supervisão. Participou também das traduções a excelente Maria do Carmo Zanini. Não tentamos reproduzir em português "a extrema economia de meios" dos caracteres (para usar uma expressão de Haroldo de Campos, a respeito de suas transcriações de haicais).[4] Preferimos buscar uma correspondência de valor entre as línguas, num português atual, que pudesse ser usado por um João Cabral de Melo Neto, por exemplo, e não um pseudo-estranhamento que não existe nos poemas originais: a língua chinesa não é estranha aos poetas chineses. Se assim não fizéssemos, recairíamos em colagens espacializantes que, talvez, não dissessem os poemas com seu vigor original. Alongamos as linhas para não perdê-las de vista.

4. Haroldo de Campos, *A arte no horizonte do provável* (2. ed., São Paulo, Perspectiva, 1972), p. 57.

À sombra da realidade
YAO FENG

A poesia contemporânea chinesa de que falamos em *Um barco remenda o mar* é escrita em forma livre e chinês veicular, sendo habitualmente designada Nova Poesia, precisamente para distingui-la da Poesia Clássica Chinesa, que culminou por volta da dinastia Tang (618-907) e deixou de ser uma forma dominante desde o início do século passado, devido à revolução social, ideológica e cultural na China, bem como ao difícil trato de suas regras rigorosas, acessíveis apenas a uma elite letrada.

A "nova poesia" teve origem no chamado Movimento Literário de 4 de Maio, que surgiu na década de 1920, com o objetivo de romper com uma tradição cultural estática e decadente por meio da reformulação da língua chinesa. Nesse período marcado pela desconstrução e pela inovação, apareceram figuras importantes para o panorama literário de então, tais como Hu Shi [胡适], Guo Moruo [郭沫若], Li Jinfa [李金發], Dai Wangshu [戴望舒], Xu Zhimo [徐志摩] e Wen Yiduo [聞一多], responsáveis pela inauguração da "nova poesia", que viera confirmar sua posição na literatura chinesa.

A "nova poesia" eliminou as regras de prosódia adotadas pela poesia clássica, tais como a estrutura harmoniosa e a rima obrigatória, bem como o pararelismo, e recorreu ao verso livre, de modo a ganhar muita liberdade na expressão. Apesar de numerosos letrados continuarem a escrever na forma tradicional, a "poesia nova" passou a ser a corrente principal e, à luz dessa forma, há poetas que marcaram sua poesia com as tendências literárias ocidentais, especialmente a simbolista.

Depois da implantação da República Popular da China em 1949, a poesia – como outras modalidades literárias – chegou, talvez, a ficar prejudicada durante prolongado período, especialmente durante a Grande Revolução Cultural, que foi de 1966 a 1976. A poesia, privada da liberdade de expressão, passou a ser um instrumento da máquina política, ao passo que os poetas se limitavam a pintar a máscara da realidade com palavras falsas, conforme o mecanismo básico predominado pelos chamados realismo e romantismo revolucionários, que puseram completamente em causa os princípios estéticos da poética. Os poetas tinham de fechar a porta a seu mundo subjetivo e sentimental, sem possibilidades de alcançar a singularidade expressiva.

Ao fim da Grande Revolução Cultural, movimento mais de natureza política e que trouxe consequências desastrosas para a China em todos os aspectos, um grupo de jovens poetas criou *Hoje* [今天], uma revista ilegal que circulavava clandestinamente e provocou um eco significativo na poesia chinesa. Designado Hoje e reunindo nomes como Mang Ke [芒克], Bei Dao [北島], Yang Lian [楊煉], Jiang He [江河], Duo Duo [多多] etc., o grupo desafiava o mecanismo determinado pela ideologia ortodoxa, pretendendo recuperar a aventura orientada pelos poetas das décadas de

1920 e 1930, revelando a profunda consciência de instalar uma expressividade distinta e inovadora, alimentada pela tradição da poesia ocidental. Nesse enquadramento estético, e com a coragem de intervir socialmente, sua poesia tornou-se uma novidade que acordou o leitor, mas, por outro lado, foi alvo de críticas dos conservadores por ser incompreensível, uma vez que as imagens e metáforas permitiam mais de uma interpretação ou referência. Na realidade, a múltipla sugestão e o indeterminável constituem um hábito hermenêutico do leitor, uma parte integral e indispensável da poética. Contudo, para aqueles que se habituaram à única e direta manifestação literária, a poesia desse tipo é considerada demasiado *menlong* [朦朧], termo que significa místico, ambíguo ou obscuro. No entanto, esse incidente não se desenvolveu meramente no nível estético, mas também foi impregnado desde o início pelo espírito rebelde contra a violência e a opressão do poder político em relação ao homem. Um pouco de heroísmo individual, a reflexão histórica, a crítica ou ironia da realidade – bem como a preocupação com o destino do país – marcaram as temáticas desses poetas, cujos nomes constituem referências determinantes para a poesia contemporânea chinesa, não só pela tentativa de introdução das novas tendências poéticas como também pela ousadia de assumir o papel de interventores na fase de mudanças sociais.

  O ano de 1989 foi um ponto decisivo para o grupo Hoje, cuja maioria dos membros foi obrigada a abandonar o país devido às graves circunstâncias sociais, fato que anunciou o fim desse movimento poético. Longe da pátria, apesar de muitos deles continuarem a escrever em língua materna, já deixaram de ecoar como antes no horizonte desta terra, onde se erguiam novas vozes. Com efeito, é justificável mencionar Hai Zi [海子], o "menino do mar", que se esforçou por legitimar a poesia num reino mais sagrado e mais sublimado, por meio de um lirismo firme e genuíno, de um processo de cristalização não só da linguagem como do sangue. Deixou uma herança admirável aos poetas posteriores depois de se suicidar aos 33 anos, com o intuito de se livrar do conflito entre o sonho inatingível e a realidade desgraçada. Paralelamente, existem outros autores, como Yu Jian [于堅], Xi Chuan [西川], Han Dong [韓東], Ouyang Jianghe [歐陽江河], Wang Jiaxin [王家新], Yi Sha [伊沙], que procuram, cada um a seu modo, a expressão singular, de maneira a traçar um mapa diversificado da poesia. Houve entre eles discussões acesas sobre uma série de questões relacionadas à poética – por exemplo, a escrita intelectual, a escrita em linguagem coloquial, a assimilação da poesia estrangeira etc.

A partir dos anos 1980, a China vem conhecendo mudanças dramáticas que conduzem uma sociedade fechada e altamente politizada a um mundo mais aberto. Por um lado, as pessoas gozam de mais liberdades na expressão de seu gosto, sentimento, tendência ou imaginação; por outro, o sistema de mercado, a perda da crença, o comando do materialismo levam-nas a se afastar cada vez mais da poesia. Se a poesia *menlong* explodiu, em sua época, como uma força espiritual, ditando a voz sufocada do povo, deve-se reconhecer que, desde os anos 1990, os poetas já deixaram de desempenhar o mesmo papel na vida social. No entanto, a poesia não morreu nem vai morrer. Os poetas continuam a brotar como bambus da terra, porque ainda lhes cabe a tarefa da fusão e do espelhamento dos mundos exterior e interior pela acumulação verbal.

Por um lado, os poetas chineses são cúmplices de outros poetas do mundo, veiculando igualmente o visto e o sentido por meio da exploração de sílabas apagadas e, por outro, são homens profundamente integrados à sociedade, onde raramente conseguem fugir à sombra da realidade. Daí é natural compreender que a poesia contemporânea chinesa não suporta a leveza de uma proposta meramente estética, carregando quase sempre, porém, o interesse ou a tendência ora moral, ora política.

No entanto, não se deve delimitar uma fronteira distinta entre um poeta brasileiro e um poeta chinês, visto que todos os poetas acabam por falar do mesmo mundo dentro dos mundos. Tal como os fragmentos aqui reunidos também poderão compor um pequeno mosaico da alma humana por meio de um olhar distante.

7-8 de abril de 2007

Nove poetas

北岛 • Bei Dao

Bei Dao, "Ilha do Norte", pseudônimo de Zhao Zhenkai [趙振開], nasceu na cidade de Pequim em 1949. Serviu na Guarda Vermelha, indispôs-se com a Revolução, foi "reeducado", trabalhou na construção civil: ocupações incompatíveis com a importância desse extraordinário escritor para a poesia chinesa contemporânea e para a poesia do mundo. Seus versos são reflexivos, revelam a natureza do ser, identificam feridas emocionais e se solidarizam com outras almas aflitas, por meio, muitas vezes, de descrições "atonais" da paisagem.

Em 1978, Bei Dao ajudou a fundar a revista extra-oficial *Hoje* [今天], que se tornou o principal fórum de discussão dos poetas *menlong*, grupo ridicularizado pelo *establishment* literário chinês devido a sua linguagem "obscura" e não calcada no realismo socialista. Em 1989, ele foi acusado de incitar a revolta estudantil na praça da Paz Celestial, pois os versos de um de seus poemas, "Proclamação" [回答], estavam nos estandartes carregados pelos manifestantes: "Para não me ajoelhar na Terra/ contrastando assim com a elevação do carrasco/ que impede os ventos de liberdade".

Exilado, Bei Dao viveu e lecionou na Inglaterra, Alemanha, Noruega, Suécia, Dinamarca, Holanda, França e, mais recentemente, nos Estados Unidos. Sua obra já foi traduzida para trinta idiomas, mas esta é sua primeira antologia em português. Em língua inglesa, são cinco volumes de poesia – *Unlock* (2000), *Landscape over zero* (1996), *Forms of distance* (1994), *Old snow* (1992), *The August sleepwalker* (1990) –, um de contos – *Waves* (1990) – e dois de ensaios – *Midnight's Gate* (2005) e *Blue house* (2000). Recebeu vários prêmios, entre eles o prêmio literário Jeanette Schocken (Alemanha, 2005), o Argana de poesia internacional (Marrocos, 2002) e o Tucholsky da PEN sueca. É membro honorário da American Academy of Arts and Letters e um candidato natural ao Nobel de literatura.

Em 2006, Bei Dao recebeu permissão para voltar a viver na China.

黑色地圖

寒鴉終於拼湊成
夜：黑色地圖
我回來了——歸程
總是比迷途長
長於一生

帶上冬天的心
當泉水和蜜制藥丸
成了夜的話語
當記憶狂吠
彩虹在黑市出沒

父親生命之火如豆
我是他的回聲
為赴約轉過街角
舊日情人隱身風中
和信一起旋轉

北京，讓我
跟你所有燈光乾杯
讓我的白髮領路
穿過黑色地圖
如風暴領你起飛

Mapa negro

Ao cabo, corvos frios juntam
a noite: um mapa negro
voltei para casa – pelo caminho avesso
mais longo do que o errado
longo como a vida

traga o coração do inverno
quando a água mineral e as anfetaminas
tornam-se as palavras da noite
quando a memória late
um arco-íris assombra um mercado negro

meu pai, vida-faísca: mínima como um grão
sou seu eco
virando a esquina dos encontros
uma ex-amante esconde-se numa
lufada de cartas revoltas

Pequim, deixe-me erguer
um brinde às suas luzes
deixe que meu cabelo branco aponte
o caminho pelo mapa negro
como se uma tormenta a fizesse voar

我排隊排到那小窗
關上：哦明月
我回來了——重逢
總是比告別少
只少一次

espero na fila até que a pequena janela
se feche: Ó o brilho da lua
voltei para casa – reuniões
significam menos do que adeuses
ao menos

拉姆安拉

在拉姆安拉
古人在星空對奕
殘局忽明忽暗
那被鐘關住的鳥
跳出來報時

在拉姆安拉
太陽象老頭翻墻
穿過露天市場
在生鏽的銅盤上
照亮了自己

在拉姆安拉
諸神從瓦罐飲水
弓向獨弦問路
一個少年到天邊
去繼承大海

在拉姆安拉
死亡沿正午播種
在我窗前開花
抗拒之樹呈颶風
那狂暴原形

Ramalá

Em Ramalá
os antigos jogam xadrez no céu estrelado
o fim de jogo move
uma ave imóvel num relógio
salta para dizer as horas

Em Ramalá
o sol sobe o muro como um velho
e segue pelo mercado
aberto espelhando-se aceso
numa placa de cobre oxidado

Em Ramalá
os deuses bebem água de um jarro de terra
um arco indaga de uma corda sobre as rotas
um garoto se prepara para herdar o oceano
da margem do céu

Em Ramalá
a morte lança sementes no zênite
a morte floresce defronte minha janela
árvores duras revelam
a forma violenta, original de um tornado

時間的玫瑰

當守門人沉睡
你和風暴一起轉身
擁抱中老去的是
時間的玫瑰

當鳥路界定天空
你回望那落日
消失中呈現的是
時間的玫瑰

當刀在水中折彎
你踏笛聲過橋
密謀中哭喊的是
時間的玫瑰

當筆畫出地平綫
你被東方之鑼驚醒
回聲中開放的是
時間的玫瑰

鏡中永遠是此刻
此刻通向重生之門
那門開向大海
時間的玫瑰

A rosa do tempo

Quando o vigia dorme
você volta com a tempestade
envelhecer concorde é
a rosa do tempo

quando as rotas dos pássaros definem o céu
você olha para trás, para o pôr do sol
emergir apagando-se é
a rosa do tempo

quando a faca adquire na água forma curva
você cruza a ponte, pisando em canções de flauta
gritar na conspiração é
a rosa do tempo

quando uma caneta desenha o horizonte
você é desperto por um gongo do Este
florescer em ecos é
a rosa do tempo

no espelho há sempre este momento
e ele conduz para a porta do reanimar-se
a porta abre-se para o mar
a rosa do tempo

晴空

夜馬踏著路燈馳過
遍地都是悲聲
我坐在世紀拐角
一杯熱咖啡：體育場
足球比賽在進行
觀眾躍起變成烏鴉

失敗的謠言啊
就像早上的太陽

老去如登高
帶我更上一層樓
雲中聖者搖鼓
漁船縫紉大海
請沿地平綫折叠此刻
讓玉米星星在一起

上帝絕望的雙臂
在錶盤轉動

Céu claro

O cavalo da noite galopa nas luzes da rua
em todo canto o som triste
sento-me na esquina dos séculos
xícara de café: um estádio
um jogo de futebol
torcedores pulam como corvos

rumores de falhas
como o sol da manhã

senil em ascensão
elevo-me para outro andar
sábios tocam tambores nas nuvens
um barco remenda o mar
por favor enlace este momento no horizonte
deixe o milho e as estrelas se entrelaçarem

os desesperados braços de Deus
giram na face de um relógio

同行

這書很重,像錨
沉向生還者的闡釋中
你的臉像大洋彼岸的鐘
不可能交談
詞整夜在海上漂浮
早上突然起飛

笑聲落進空碗裏
太陽在肉鋪鐵勾上轉動
頭班公共汽車開往
田野盡頭的郵局
哦那綠色變奏中的
離別之王

閃電,風暴的郵差
迷失在開花的日子以外
我形影不離緊跟你
從教室走向操場
在迅猛生長的楊樹下
變小,各奔東西

Colega

este livro, pesado como âncora
afunda entre as interpretações dos sobreviventes
seu rosto como um relógio na praia distante
dialogar é impossível
palavras que flutuaram no mar toda a noite
súbito decolam pela manhã

uma gargalhada cai numa tigela vazia
o sol percorre o gancho de um açougueiro
o ônibus do primeiro horário vai
ao correio no final dos campos
em variações de verde
o Rei do Adeus

o relâmpago, carteiro da tempestade
perde-se além dos dias floridos
sigo-te como uma sombra
da classe ao pátio
sob o crescer rápido dos álamos
me torno mínimo, cada um segue seu caminho

六 月

風在耳邊說,六月
六月是張黑名單
我提前離席

請注意告別方式
那些詞的嘆息

請注意那些詮釋:
無邊的塑料花
在死亡左岸
水泥廣場
從寫作中延伸

到此刻
我從寫作中逃跑
當黎明被鍛造
旗幟蓋住大海

而忠實于大海的
低音喇叭說,六月

Junho

O vento ao ouvido diz: junho
junho é uma lista negra
mas vou embora antes do tempo

note este jeito de dizer adeus
os suspiros dentro destas palavras

note estas interpretações:
infinitas flores de plástico
à margem esquerda da morte
a praça de cimento alastra-se
desde a escrita

neste momento
escapo de escrever
quando a madrugada se forja
uma bandeira cobre o mar

e alto-falantes leais aos graves
profundos do mar dizem: junho

無題

被筆勾掉的山水
在這裏重現

我指的絕不是修辭
修辭之上的十月
飛行處處可見
黑衣偵察兵
上升,把世界
微縮成一聲叫喊

財富變成洪水
閃光一瞬擴展成
過冬的經驗
當我像個假證人
坐在田野中間
大雪部隊卸掉偽裝
變成語言

Sem título

A paisagem riscada com uma caneta
reaparece aqui
O que digo sobre ela não é retórica
em outubro sobre a retórica
o vôo é visível em toda parte
e o batedor de uniforme preto
levanta-se, agarra o mundo
e o reduz a um grito

Opulência transforma-se em dilúvio
um rasgo de luz expande-se
numa experiência congelada
e quando estou sentado no meio do campo
como falsa testemunha
soldados de neve removem seus disfarces
e tornam-se linguagem

路歌

在樹與樹的遺忘中
是狗的抒情進攻
在無端旅途的終點
夜轉動所有的金鑰匙
沒有門開向你

一隻燈籠遵循的是
冬天古老的法則
我徑直走向你
你展開的歷史摺扇
合上是孤獨的歌

晚鐘悠然追問你
回聲兩度為你作答
暗夜逆流而上
樹根在秘密發電
你的果園亮了

我徑直走向你
帶領所有他鄉之路
當火焰試穿大雪
日落封存帝國
大地之書翻到此刻

Cantiga da estrada

no olvido entre duas árvores
ataques líricos de cães
ao final de uma jornada sem fim
a noite faz girar todas as chaves de ouro
mas para ti não há porta a se abrir

uma lanterna segue
os antigos princípios do inverno
caminho direto para ti
ao abrires o leque da história
recolhido em solitária cantiga

o sino do anoitecer interroga-te com vagar
o eco por ti responde duas vezes
a noite escura navega contra a corrente
raízes de árvore geram em segredo a eletricidade
iluminando teu pomar

caminho direto para ti
conduzindo todas as estradas para terras alheias
quando o fogo experimenta a roupa de neve
o poente chancela o império
e o livro da terra abre-se na página deste instante

給父親

在二月寒冷的早晨
橡樹終有悲哀的尺寸
父親,在你照片前
八面風保持圓桌的平靜

我從童年的方向
看到的永遠是你的背影
沿著通向君主的道路
你放牧烏雲和羊群

雄辯的風帶來洪水
胡同的邏輯深入人心
你召喚我成為兒子
我追隨你成為父親

掌中奔流的命運
帶動日月星辰運轉
在男性的孤燈下
萬物陰影成雙

時針兄弟的鬥爭構成
銳角,合二為一
病雷滾進夜的醫院
砸響了你的門

A meu pai

numa fria manhã de fevereiro
a tristeza, ao cabo, tem o tamanho dos carvalhos
pai, ante teu retrato
a rosa dos ventos mantém-se serena como a mesa

desde os ângulos da infância
sempre vi tuas costas
enquanto pastoreavas nuvens e ovelhas negras
pela estrada rumo ao imperador

um vento eloqüente traz inundações
a lógica dos becos se entranha nos corações das gentes
teu chamado torna-me filho
eu seguir-te torna-te pai

o destino que percorre a palma da mão
leva o sol a lua as estrelas ao movimento
sob única e masculina candeia
todas as coisas têm sombras aos pares

os braços fraternos do relógio lutam para formar
um ângulo agudo, depois se fazem um só
o lampejo enfermo ressoa no hospital da noite
e golpeia tua porta

黎明如丑角登場
火焰爲你更換床單
鐘錶停止之處
時間的飛鏢呼嘯而過

快追上那輛死亡馬車吧
一條春天竊賊的小路
查訪群山的財富
河流環繞歌的憂傷

標語隱藏在墙上
這世界幷沒多少改變：
女人轉身融入夜晚
從早晨走出男人

a madrugada surge feito um palhaço
a chama troca os lençóis por ti
e onde o relógio pára
a seta do tempo passa sibilando

peguemos o carro da morte
vereda da primavera, um ladrão
procura tesouros nas montanhas
um rio cinge o pesar da cantiga

slogans se escondem nas paredes
nada muda muito no mundo:
a mulher faz a volta e adentra a noite
de manhã um homem se afasta

那最初的

日夜告別于大樹頂端
翅膀收攏最後光芒
在窩藏青春的浪裏行船
死亡轉動內心羅盤

記憶暴君在時間的
鏡框外敲鐘——鄉愁
搜尋風暴的警察
因辨認光的指紋暈眩

天空在池塘養傷
星星在夜劇場訂座
孤兒帶領盲目的頌歌
在隘口迎接月亮

那最初的沒有名字
河流更新時刻表
太陽撐開它耀眼的傘
爲异鄉人送行

O princípio

dia e noite se despedem na copa enorme de uma árvore
asas acolhem a última luz
um barco singra as ondas, abrigo de juventude
a morte impele a bússola do coração

fora do tempo, o tirano da memória
toca o sino: saudades
o policial à caça de uma tormenta
tem vertigens ao distinguir as digitais da luz

o céu recupera-se das feridas na lagoa
estrelas reservam lugares no teatro da noite
um órfão conduz a ode cega
saudando a lua no desfiladeiro

o princípio não tem nome
o rio atualiza a agenda
abre o sol a deslumbrante umbrela
para um estranho que parte

嚴力 • Yan Li

Poeta e pintor, nasceu em Pequim, em 1954, sendo um dos fundadores do grupo de pintores vanguardistas Estrelas [星星畫派], que exerceu grande influência na década de 1980. Em 1985, foi viver nos Estados Unidos, onde criou a revista literária *First line* [一行]. Fez várias exposicões de pintura na China, nos Estados Unidos e no Japão, e foi convidado para ler poemas ou fazer palestras em numerosas universidades norte-americanas. É autor de *Talvez este poema seja bom* [這首詩可能不錯] (1991), *Produtor do crepúsculo* [黃昏製造者] (1993) e *Poemas de Yan Li* [嚴力詩選] (1995), todos de poesia; *Volto para casa com a língua materna* [帶母語回家] (novela e conto, 1995) e *Assisti ao incidente de 11 de setembro* [遭遇9·11] (romance, 2002).

還給我

還給我
請還給我那扇沒有裝過鎖的門
哪怕沒有房間也請還給我
還給我
請還給我早上叫醒我的那只雄雞
哪怕被你吃掉了也請把骨頭還給我
請還給我半山坡上的那曲牧歌
哪怕已經被你錄在了磁帶上
也請把笛子還給我
還給我
請還給我愛的空間
哪怕已經被你污染了
也請把環保的權利還給我
請還給我我與我兄弟姐妹的關係
哪怕只有半年也請還給我
請還給我整個地球
哪怕已經被你分割成
一千個國家
　　一億個村莊
　　　　也請你還給我

1986

Devolvam-me

Devolvam-me
Devolvam-me aquela porta sem fechadura
Mesmo que já não ligue a nenhum quarto, devolvam-me
Devolvam-me o galo que me acordava todas as manhãs
mesmo que tenha sido devorado, devolvam-me os ossos
Devolvam-me o canto do pastor que soava na encosta da
[montanha
mesmo que tenha sido gravado em cassete, devolvam-me
[a flauta
Devolvam-me o espaço do sexo
mesmo que tenha sido poluído, quero o direito à proteção
[do ambiente
Devolvam-me a boa relação com os meus irmãos e as
[minhas irmãs
mesmo que só tenha meio ano de vida, devolvam-me
Devolvam-me todo o globo
Mesmo que tenha sido dividido
em mil países
    em cem milhões de aldeias
        ainda o quero, muito.

1986

魚鉤

經過了許多年的等待
我的魚鉤啊
終於在沒有魚的池塘裏
自己遊了起來
但在更多年的遊動之後
它滿臉無奈地
一口吞下了自己

2002

Anzol

Após esperar muitos anos
meu anzol
flutuou por si mesmo
no tanque estéril de peixes
Flutuou por mais anos
ainda sem outro desfecho
meu anzol acabou
por devorar-se a si mesmo

2002

于堅 • Yu Jian

Yu Jian nasceu em 1954, em Ziyang, na província de Sechuan, mas passou a maior parte de sua vida em Kunming, na província de Yunnan. Entre o final da década de 1970 e o início dos anos 1980, participou de atividades literárias extra-oficiais em Kunming, publicando poesia em revistas e realizando leituras de poemas. Em 1983, ao colaborar com a revista *Mesma Geração* [同代], sediada em Lanzhou, ele conheceu o poeta Han Dong, de Nanquim, e, em 1985, Yu tornou-se um dos principais colaboradores da revista de poesia editada por Han, *Eles* [他們], até meados dos anos 1990. Também durante esse período, vários poemas de Yu foram publicados em revistas extra-oficiais de Sechuan. Desde meados da década de 1990, Yu visita a Europa e a América do Norte com freqüência e, nos últimos anos, teve várias de suas coletâneas publicadas oficialmente na China.

這個夜晚暴雨將至

這個夜晚暴雨將至
有人在街上疾走你剛剛洗過頭
膚色如雪　一群意大利樂師
在錄音機上為你演奏春天
牆上的油畫　畫著南方某地的山谷
天空一片湛藍　樹葉激動人心
書架上站著各時代的靈魂
往昔煽動暴亂的思想
現在一片平靜
朋友們不會了
你先躺下吧
我要要座一會兒　寫寫信
許多事物將會被淋濕
將被改變
許多雨傘將要撐開　或者收起
我們體驗過這樣的雨夜
再也不會驚奇
雨點打下來的時候
我們已經安睡
我們已經安靜

Hoje ao anoitecer uma tempestade se aproxima

Hoje ao anoitecer uma tempestade se aproxima
na rua as pessoas caminham depressa
acabaste de lavar os cabelos
pele branca como a neve, uma banda de músicos italianos
toca a primavera para ti, numa fita cassete
a pintura a óleo na parede mostra um vale em algum lugar
[ao sul
um firmamento azul-celeste, umas folhas emocionam o
[coração
as almas de todas as eras enfileiram-se na estante de livros
pensamentos que, no passado, incitavam à rebeldia
agora estão calados
os amigos deixam de vir
então deita-te primeiro
quero ficar aqui na cadeira um pouco mais escrever cartas
tantas coisas encharcadas,
depois da chuva, com novo feitio
tantos guarda-chuvas: abertos ou fechados
depois da experiência dessa espécie de noite líquida
nada mais
quando a chuva cai
amedronta
adormecidos
todos estão adormecidos

關於玫瑰

蒼蠅出現在四月發生的地方
我要把"玫瑰"和"侯鳥"這兩個詞奉獻給它
它們同時成為四月的意象　　形狀不同的生物
來自花園　來自北方　來自垃圾場　但意味著四月
是一個已經存在於空間和時間中的月份　　生動的意象
它不是詩歌的四月　不是花瓶的四月　不是敵人的四月
它是大地的四月　玫瑰成全了花園　侯鳥打開了天空
而蒼蠅使房間成為翅膀可以活動的區域
它們各幹各的事　　使四月趨於完整
我還要向蒼蠅奉獻的是"開放"和"啼鳴"
"芬芳"和"清脆"　我同樣要向玫瑰
奉獻"細菌"　向侯鳥奉獻"污穢"
以及"叮擾"　　"嗡嗡"
世界的神秘通道　　只在於　你是否能通過黑暗抵達四月
蒼蠅有蒼蠅的黑暗　玫瑰有玫瑰的黑暗　侯鳥有侯鳥
　　　　　　　　　　　　　　　　　　　　　〔的黑暗
在這個光明的月份　　在進入這個已被記載於抒情詩中的
　　　　　　　　　　　　　　　　　　　　　〔歲月之前
一隻蒼蠅不知道它是否進入"蒼蠅"
一朵俄玫瑰不知道是否進入"玫瑰"
一隻侯鳥不知道它是否進入"侯鳥"
並非所有的事物都能像歷史上的四月那樣進入四月
在我索居的城市　四月未能在四月如期抵達

A respeito da rosa

A mosca aparece onde é abril
quero apresentá-la com as palavras "rosa" e "ave
 [migratória"
elas engendram imagens de abril coisas ao mesmo tempo
 [vivas e várias
vindas do jardim vindas do norte vindas do depósito de
 [lixo mas significando abril
é um mês que já existe no tempo e no espaço uma
 [concepção vívida
não é o abril da poesia nem o abril de um vaso de flores
 [nem o abril de um inimigo
é o abril da terra as rosas completam o jardim as aves
 [migratórias inauguram o céu
e as moscas fazem do aposento uma área onde asas
 [conseguem se mover
cada uma cuida de sua própria vida e lança abril ao campo
 [do nítido
ainda quero apresentar a mosca com "floração" e
 ["trinado" "fragrante" e "melodioso"
e também quero ofertar "germes" à rosa "imundície" à ave
e "mordidas" "zumbidos" também
a passagem obscura do mundo depende da passagem pela
 [treva para chegar a abril

他未能穿過玻璃的黑暗　　鐵的黑暗　　工廠的黑暗
未能穿過革命者復仇舊世界的黑暗
在一個沒有蒼蠅的四月懷念著同樣沒有出現的玫瑰
這就是世界的黑暗　　四月無法抵達的黑暗

1994

a mosca tem a treva de mosca uma rosa a de uma rosa uma
[ave migratória a de uma ave migratória
nesse mês luminoso antes de entrar nesse mês típico da
[poesia lírica
a mosca não sabe se vai adentrar a "mosca"
uma rosa se vai adentrar a "rosa"
uma ave migratória se vai adentrar a "ave migratória"
nem todas as coisas conseguem adentrar abril como nos
[abris da história
na cidade onde vivo abril não consegue chegar na data
[calendária de abril
não consegue passar pela treva do vidro a treva do ferro a
[treva de uma fábrica
não consegue passar pela treva da raiva que os
[revolucionários nutrem pelo velho mundo
num abril sem moscas faltando uma rosa que tampouco
[apareceu
essa é a treva do mundo uma treva que abril não consegue
[suplantar

1994

顧城 • Gu Cheng

Nasceu na cidade de Pequim em 1956. Filho de poeta, começou a compor desde pequeno. Representante da poesia *menlong* e membro da revista *Hoje*, marcou profundamente a poesia chinesa com sua imaginação inocente e a linguagem puramente polida. Em 1987, emigrou com a família para Auckland, Nova Zelândia, mas acabou residindo numa ilha, onde levava uma vida retirada. Em 1993, suicidou-se depois de matar a mulher com um machado.

來源

泉水的臺階
鐵鏈上輕輕走過森林之馬

我所有的花,都從夢裏出來

我的火焰
大海的青色
晴空中最強的兵

我所有的夢,都從水裏出來

一節節陽光的鐵鏈
木盒帶來的空氣
魚和鳥的姿勢

我低聲說了聲你的名字

Origem

os degraus da fonte
na cadeia de ferro passa suave o cavalo da floresta

lume
o azul do mar
soldados mais fortes no céu limpo

meus sonhos emergiram da água

a cadeia do sol, elo por elo
uma caixinha de madeira
trouxe o ar
e os gestos do peixe e do pássaro

num sussurro disse o teu nome

遠和近

你
一會看我
一會看雲

我覺得
你看我時很遠
你看雲時很近

Longe ou perto

tu
olhas ora para mim
ora para as nuvens

sinto que
estás tão longe quando olhas para mim
e tão perto quando olhas para as nuvens

再見

你默默地轉向一邊
面向夜晚
夜的深處
是密密的燈盞
它們總在一起
我們總要再見
再見
爲了再見

1980年10月

Adeus

em silêncio, voltaste-te para o outro lado
com a cara virada para a noite

no mais escuro da noite
há lâmpadas apinhadas

elas estão sempre juntas
despedimo-nos sempre um do outro

zai jian *, dizemos
mesmo para *zai jian*

Outubro de 1980

* *Zai jian*, em chinês, significa "voltar a ver", tal como "adeus" em português.

韩東 • Han Dong

Han Dong nasceu em Nanquim, 1961. Depois de se formar pela Universidade de Shandong, em 1982, ele começou a trabalhar em Xian, onde era o editor da própria revista extra-oficial de poesia, *Antigo Lar* [老家], e colaborador da revista *Mesma Geração* [同代], que na época era mais influente, sediada em Lanzhou, na província de Kansu.

Ao voltar a Nanquim em 1984, Han contatou ex-colaboradores da revista *Antigo Lar* e poetas que ele conhecera por correspondência por meio de *Mesma Geração* (como Yu Jian e Wang Yin) e começou a publicar uma nova revista, *Eles* [他们]. O primeiro número apareceu no início de 1985 e foi seguido por outros quatro até 1989. Nos quatro anos seguintes, Han dedicou boa parte de sua energia ao aprendizado da arte de escrever ficção. A revista *Eles* reapareceu em 1993, com mais quatro números até 1995. Em 1998, seguiu-se uma antologia da poesia de *Eles*, dessa vez publicada oficialmente.

你的手

你的手搭在我的身上
安心睡去
我因此而無法入睡
輕微的重量
逐漸變成鉛
夜晚又很長
你的姿態毫不改變
這只手應該象徵著愛情
也許還另有深意
我不敢推動它
或驚醒你
等到我習慣並且喜歡
你在夢中又突然把手抽回
並對一切無從知曉

1986

Tua mão

Com uma das mãos sobre meu corpo
vais dormir em paz
não consigo dormir, por isso
o peso leve da mão
aos poucos passa a ser de chumbo
a noite é longa
permaneces no mesmo lugar
essa mão só pode ser afeto
talvez tenha outro significado secreto
Não ouso afastá-la
nem acordar-te de repente
quando me acostumo e me afeiçôo a ela
em sonho tu a recolhes, súbito
e ignora tudo

1986

西川 • Xi Chuan

Xi Chuan nasceu em 1963, em Xuzhou, província de Jiangsu, e hoje mora em Pequim. Foi colaborador assíduo de revistas extra-oficiais de poesia em Pequim, Xangai e Sechuan durante as décadas de 1980 e 1990, e ajudou a publicar *Tendência* [倾向]. Nos últimos anos, participou de conferências sobre poesia na Europa e na América do Norte. Depois da morte de dois de seus amigos em 1989 (Hai Zi, que cometeu suicídio, e Luo Yihe, muito doente), Xi Chuan mudou seu estilo. Essa mudança é visível em seus poemas.

* A pedido de Xi Chuan, "我居住的城市" – "A cidade onde moro" – será publicado apenas em língua portuguesa.

A cidade onde moro*

A cidade onde moro
foi edificada com blocos de montar
ruas muito asseadas
a praça muito plana, ampla
apesar de um tanto quanto baixos
os prédios ainda se dispõem deliberadamente
A cidade onde moro
não tem pessoas
quando sopra e atravessa portas e janelas
o vento emite um som puro e indistinto
o sol nasce no leste põe-se no oeste
as estações se alternam
A cidade onde moro
só tem de seu o próprio pó
Mesmo que eu morra
que morram a cor e a luz
bastam uns poucos dedos
para derrubar esta cidade
Todavia ela sempre vai existir
porque, na cidade onde moro,
ninguém vive aqui

Junho de 1985

在哈爾蓋仰望星空

有一種神秘你無法駕馭
你只能充當旁觀者的角色
聽憑那神秘的力量
從遙遠的地方發出信號
射出光來，穿透你的心
像今夜，在哈爾蓋
在這個遠離城市的荒涼的
地方，在這青藏高原上的
一個蠶豆般大小的火車站旁
我抬起頭來眺望星空
這對河漢無聲，鳥翼稀薄
青草向群星瘋狂地生長）.
馬群忘記了飛翔
風吹著空曠的夜也吹著我
風吹著未來也吹著過去
我成為某個人，某間
點著油燈的陋室
而這陋室冰涼的屋頂
被群星的億萬隻腳踩成祭壇
我像一個領取聖餐的孩子
放大了膽子，但屏住呼吸

Contemplando o céu estrelado em Haergai

Há um mistério que não se pode refrear
só há o papel de espectador
obedecer à força do mistério
que envia seu sinal de um lugar remoto
que emite uma luz que perfura o coração
como na noite de hoje em Haergai
este lugar desolado longe das
cidades, no altiplano tibetano
ao lado de uma estação de trem do tamanho de uma
                                                  [vagem larga
Levanto os olhos para contemplar o céu estrelado
neste instante silenciosa a via láctea, poucas as asas de
                                                      [pássaros
a relva cresce verde e selvagem rumo às estrelas
os cavalos esquecem de voar
o vento incita a noite vasta e inane e a mim também
o vento incita o futuro e também o passado
torno-me um ser, um aposento simples
iluminado a candeeiro, cujo telhado frio
é calcado de estrelas, belos bilhões
neste altar, como um menino recebendo a sagrada
                                                      [eucaristia
faço-me destemido, prendendo a respiração.

盧衛平 • Lu Weiping

Poeta, nasceu na província de Hubei em 1965 e licenciou-se em literatura chinesa. Trabalhou sucessivamente como professor, gerente e, nos dias de hoje, é vice-presidente da Associação dos Escritores de Zhuhai e membro da Associação dos Escritores da China. Publicou três livros de poesia: *Rato na terra natal* [异乡的老鼠], *Os ramos inclinados para baixo* [向下生长的枝条] e *Vida terrestre* [尘世生活]. Está representado em numerosas antologias e ganhou dezenas de prêmios, tanto nacionais como regionais.

無法拯救的人

老王惟一的兒子
十年前精神分裂
老王傾家蕩產
癒合了兒子的精神
走出醫院大門
兒子對老王說
我十年沒有感受的痛苦
從今天起
又回到我心裏

Salvação falhada

O filho único do velho Wang
ficou enlouquecido há dez anos.
Para curar a doença do filho
o velho Wang gastou toda a fortuna.
Ao sair do hospital
o filho disse ao pai: O sofrimento
que não senti durante dez anos
tornou a habitar-me o coração.

恍惚

出門忘了關門
到站沒有下車
一把鑰匙找了半天在褲帶上掛著
在一個人的背影裏喊另一個人的名字
給家打電話打給了陌生人
乘電梯到十樓在八樓就下了
站在六樓陽臺上不相信跳下去會粉身碎骨
彎腰系鞋帶感覺大地在旋轉
腳尖夠不著水底才知道自己會游泳
還沒碰杯就看到桌上的人迷迷糊糊
麵條吃完了才讓服務員拿胡椒粉
打麻將弄不懂小雞就是一條
下象棋讓大象輕輕鬆鬆就過了河
被老女人多看了一眼突然臉紅
在假想的豔遇裏看老婆不順眼
看毛片將自己看成男主角
自己寫過的字查完字典才認識
一本書讀完了才發現這本書前不久剛讀過
翻一本詩刊時將作者的名字辨認了三遍
才敢斷定這首詩不是我寫的
寫這首詩時我問自己為什麼如此恍惚

Distraído

Saí pela porta e me esqueci de fechá-la
Não saí do ônibus ao chegar ao destino
Ando à procura da chave e ela está pendurada no meu cinto
Atrás do vulto do conhecido gritei o nome de outro
Telefonei para casa e liguei o número errado
Queria subir ao décimo andar e saí do elevador no oitavo
Na varanda do sexto andar, não acredito que saltar para baixo
[seja mortal
Curvei-me para apertar o cadarço e senti o virar da terra
Só sei nadar quando os meus pés não pisam no fundo da água
Imagino que as pessoas ficam bêbadas antes de beber
Só pedi a pimenta ao garçom depois de acabar a comida
Ao jogar *majong* não sei o que é a *galinha*
Ao jogar xadrez chinês deixo o elefante atravessar o rio com
[facilidade
Mesmo o olhar de uma mulher idosa envergonha-me
Numa história de amor imaginada, a minha mulher está
[repugnada
Ao ver um filme pornográfico, imagino que sou protagonista
Os caracteres chineses que escrevo só se confirmam após
[consulta ao dicionário
Só depois de ler o livro todo soube que já o tinha lido há
[tempos

Ao folhear uma revista poética tenho de ler três vezes os
[nomes dos autores
para concluir que não sou autor desses poemas.
Ao acabar este poema pergunto a mim mesmo
Por que é que ando tão distraído?

田原 • Tian Yuan

Poeta e pesquisador, nasceu em Luohe, na Província de Henan, em 1965. Foi estudar no Japão, no início da década de 1990. Hoje é professor da Universidade Tohoko e, ao mesmo tempo, pesquisador na Universidade de Tóquio. Como poeta, publicou quatro livros e ganhou vários prêmios na China, em Taiwan e nos Estados Unidos. Em 2002, ganhou o prêmio do Primeiro Concurso Literário dos Estudantes Estrangeiros com um poema escrito em japonês. Publicou em japonês *O nascimento da costa* [岸的誕生] e vários ensaios. Coordenou a *Antologia de Shuntaro Tanikawa* [谷川俊太郎詩選集] (versão japonesa, em três volumes) e traduziu e publicou na China *Uma seleta de poemas de Shuntaro Tanikawa* [谷川俊太郎詩選], além de *Forasteiro: poemas de Tsujii Takashi* [異邦人：辻井乔詩選]. Também é coordenador da *Antologia de poetas chineses da nova geração* [中國新生代詩人詩選] em versão japonesa. Além de poesia, também escreve, em japonês, novelas e contos.

八月

八月是爆炸的星星
它恒久的光芒和熱在地表上泯滅
八月是一隻沉船
在水底被水草簇擁成魚兒們的宮殿
八月是一隻瘋狗
它咬斷繩子跳越牆
在陽光無遮無攔的地上狂吠
八月是一場洪水過後
幹死在陸地上的魚眼
八月是一隻蚊子
它帶著我的血液飛翔
然後被我拍死在潔白的牆壁上
八月是一群羽毛骯髒
在城市的噴泉裏飲水和洗澡的鴿子
八月是在鄉村的屋脊爬滿的梔子花上
交尾的黑蝴蝶
八月是少女在男人的手掌裏旋轉的乳房
八月是一隻牛虻
它螺釘般的嘴紮在少年黝黑的皮膚上
八月是一位早夭的女嬰
在郊外的荒地上被陽光溶化成一堆小小的白骨
八月是一場突降的冰雹
它擊碎瓦礫和摧毀莊稼

Agosto

O mês de agosto é a explosão das estrelas
tendo sido apagados o seu brilho e o seu calor na terra
O mês de agosto é um barco naufragado no mar
tornando-se um palácio rodeado por peixes e algas
O mês de agosto é um cão enlouquecido
que cortou o laço com os dentes e saltou o muro
ladrando sob o sol nu
O mês de agosto são os olhos dos peixes
mortos na terra depois de uma inundação
O mês de agosto é um mosquito que voa abastecido do
[nosso sangue
e foi morto na parede branca, com um tapa
O mês de agosto são uns pombos sujos
bebendo e tomando banho na fonte da cidade
O mês de agosto é um par de borboletas pretas
Fazendo sexo entre as flores da gardênia,
que trepa pelo telhado no campo
O mês de agosto é o seio da garota,
girando na mão de um homem
O mês de agosto é um moscardo que pica como prego a
[pele do jovem
O mês de agosto é um bebê cuja morte precoce o tornou
um pequeno monte de ossos na periferia da cidade

八月是從大便裏排出的西瓜籽
被掏糞的農夫帶到田野發芽
八月是一棵患絕症的樹木
八月是落雷燒焦土地的火球
八月是蟬、青蛙和蚯蚓無聊的聒噪
八月是塗抹在太陽穴上萬金油的涼
是牙齒嚼碎然後咽進肚子裏薄荷葉的爽
八月是情欲泛濫的季節
八月是黃昏在河裏裸泳夜晚在涼席上裸睡的處女
八月是時間與時間、季節與季節的分水嶺

O mês de agosto é um granizo imprevisto que destrói a
                                              [seara e quebra o telhado
O mês de agosto são sementes de melancia, excretadas
junto com as fezes, levadas por camponeses para o campo,
                                                          [onde vão brotar
O mês de agosto é uma árvore fatalmente adoecida
O mês de agosto é o trovão que queimou a terra como
                                                              [uma bola de fogo
O mês de agosto é o canto monótono das cigarras, rãs e
                                                                     [minhocas
O mês de agosto é o frescor que o bálsamo provoca na
                                                                        [cabeça
O mês de agosto são folhas de hortelã a ser mastigadas e
                                                                         [comidas
O mês de agosto é a estação cheia de ímpeto sexual
O mês de agosto é a virgem adormecida na esteira depois
                                                                  [de nadar nua na água
O mês de agosto é uma linha de demarcação entre o
                                                                 [tempo e o tempo,
entre a estação e a estação.

作品一號

馬和我保持著九米的距離
馬拴在木樁上　或者
套上馬車去很遠的地方
馬離我總是九米

馬溫順地臥在地上
是一位哲人
馬勞作田間
是一幅走動著的裸雕

我和馬也保持著相等的距離
在室內靜靜坐著　或者
去了別的地方
我離馬的距離總是九米

馬掙脫了木樁
或掙斷了韁繩
在很遠很遠的地方撒野
奮——蹄——長——嘯
馬怎麼也馳騁不出
我們之間的九米

Obra nº 1

O cavalo mantém-se a nove metros de mim
amarrado numa estaca, ou à frente puxa a carroça
mas mantém-se a nove metros de mim

O cavalo deitou-se dócil
como um filósofo
O cavalo labora na terra cultivada
como uma estátua, movente

Mantenho nove metros de distância do cavalo
Mesmo que esteja calmo no estábulo
ou ande por outro lado
mantenho sempre nove metros de distância do cavalo

O cavalo livrou-se da estaca
ou da rédea
e galopou para longe
relinchando
Mesmo com tanta liberdade
ainda mantém nove metros de distância de mim

很多草都枯萎了
馬咀嚼著還散發出清香
那清香離我也是九米

馬和我之間的距離
很多年來不延長也不縮短
從活生生的馬到青石馬
我們之間的距離
永遠都是九米

Tantas ervas secaram
mas do cavalo ainda senti sua fragrância
que idem mantém nove metros de distância de mim

A distância mantida entre mim e o cavalo
Manteve-se, estanque
desde o cavalo vivo até o cavalo de pedra
Entre mim e ele
Sempre nove metros de distância

宇向 • Yu Xiang

Poeta, nasceu na década de 1970. É considerada uma das mais representativas da atualidade. Ganhou o xi Prêmio Rougang de Poesia e traduziu para o chinês alguns poetas norte-americanos. Vive em Jinan, capital da província de Shandong.

理所當然

當我年事已高，有些人
依然會 千里迢迢
趕來愛我； 而另一些人
會再次拋棄我

Logicamente

Quando tiver idade venerável, alguns homens ainda virão, percorrendo mil quilômetros, me visitar e me amar, mas outros ainda me abandonarão mais uma vez.

低調

一片葉子落下來
一夜之間只有一片葉子落下來
一年四季每夜都有一片葉子落下來
葉子落下來
落下來。聽不見聲音
就好像一個人獨自呆了很久，然後死去

Voz baixa

Uma folha caiu
Durante essa noite apenas uma folha caiu
Durante as quatro estações do ano, em cada noite
há sempre uma folha caindo
Cai, mas nada se ouve: o silêncio
como uma pessoa que viveu solitária
tanto tempo
e acabou por morrer.

Apêndices

O décimo poeta
RÉGIS BONVICINO

Hoje, Macau, cidade-Estado conurbada com Hong Kong, volta a pertencer integralmente à República Popular da China.* É o fim do "Império Português", que se iniciou no século xv, com a conquista de Ceuta. Macau, com cerca de 400 mil habitantes, vem sendo recuperada pela China desde os anos 1960, mas se manteve, até agora, numa transição negociada, sob administração de Portugal. Essa "passagem" é, em si, metáfora, que diz igualmente respeito ao Brasil: a da possibilidade real da extinção da língua portuguesa, em prazo não tão longo, num mundo sob intensa concorrência, inclusive lingüística. Ameaça que ganha corpo diante da ausência por parte do Estado brasileiro de uma política de expansão para a língua. Não bastou que Luís de Camões tivesse escrito parte de *Os Lusíadas* lá, por volta de 1556, numa gruta estreita (hoje conhecida como Gruta de Camões), para que seu idioma respirasse mais vivo por esse conjunto de ilhas. Hoje ele tem existência "teórica": 95% da população fala chinês, e apenas 3% português. O budismo é a religião de mais de 50% dos macauenses, contra 15% de católicos. Não bastou também,

* Publicado originariamente no jornal *Folha de S. Paulo*, em 20 de dezembro de 1999, sob o título "Entrega de Macau é metáfora da língua portuguesa ameaçada".

portanto, que Camilo Pessanha, o simbolista, tenha vivido e escrito quase toda a sua obra por lá. Camilo é repudiado até hoje por seu racismo antichinês. Em virtude desse cenário de "quarto minguante", é de espantar que alguém, nascido em Pequim, em 1958, tenha aprendido a língua de Camões e se tornado poeta bilíngüe, escrevendo em chinês e português, indiferentemente. E que, por essa razão, tenha se mudado para Macau em 1992. É o caso de Yao Feng, autor até aqui de *Nas asas do vento cego* (1990) e de *Confluência* (1997), num movimento que propõe, como o do verso de Fernando Pessoa (Álvaro de Campos): "um Oriente ao oriente do Oriente". Aliás, Yao é o principal tradutor para seu idioma materno da obra do próprio Pessoa. A poesia chinesa pós-Mao, a partir da década de 1980, abandonou as regras formais da poesia clássica e se estruturou em torno de diálogos com o Ocidente. Walt Whitman, Lorca, Neruda, Rilke, Baudelaire, Borges, Holderlin são alguns dos nomes que influenciam e estimulam a produção de Bei Dao, o maior poeta chinês vivo, exilado nos Estados Unidos, e a de Yao, quer em chinês, quer em português. A poesia deixou, nesse período, de servir ao Partido Comunista e se abriu para todas as formas de expressão com liberdade. Mas o que chama a atenção na poesia de Yao é o intercâmbio sintático que promove entre as duas línguas. Em português, conserva a força étnica e isolante do chinês e escreve quase que em "pictogramas". E, para o chinês, leva a outra tribo de sílabas que descobriu no português. Nas duas línguas, compõe em transições. É o que deixa ver em "Ser e estar", poema inédito, cedido especialmente a esta publicação:

Às vezes
quero ser...
Às vezes
quero estar...
Às vezes
quero estar... e ser...
Juntam-se
todos os meus sentidos
moeda
em movimento
Sei que se vai extinguir
Não sei o que vai ficar

O poema, além de captar as investidas do capital ("moeda em movimento"), registra o português ameaçado pelo inglês, pelo espanhol, pelo chinês – com 1,2 bilhão de falantes – e que, por isso, talvez vá mesmo se extinguir, não só em Macau, se não houver luta e políticas de valorização etc. Todavia, ficará um português achinesado e um chinês aportuguesado na obra desse poeta promissor, que se aventurou a uma espécie de "Oriente ao oriente do Oriente do Ocidente". E que nos mostra que, mais do que "exotismo", Macau é, ao mesmo tempo, diferença na voz de Feng e semelhança na iminência de desaparecimento da identidade da língua.

姚風 • Yao Feng

姚风是一个关注当代生活、具有独特性的诗人。他在诗歌中重塑了古典寓言,并把它融入日常生活之中,使其成为抗拒诗歌死亡的言说,这是他的诗歌隐含的题材和主旨。姚风有纯真的感觉,不会取巧,因此它真实地向世界的事物敞开。他充满爱意,但又没有放弃批判精神。我肯定,姚风用双手编织的不仅仅是"阴影",而是第一流的诗歌。

—— 雷吉斯 • 邦维西诺

Yao Feng é um poeta original, atento à vida contemporânea. Em seu trabalho, refabula as fábulas clássicas, trazendo-as para o cotidiano, para confabular contra a morte da própria poesia, objeto e tema implícito de seus poemas. Sua sensibilidade é franca, pura, mas não é "ingênua", e, em conseqüência, aberta de verdade aos fatos do mundo; seu olhar é afetivo, sem, no entanto, deixar de ser suficientemente crítico. Afirmo que aquilo que as mãos de Yao Feng tramam acaba por não ser apenas "sombra", mas, ao contrário, por ser poesia de primeira linha.

Régis Bonvicino

狼來了

狼來了
羊們沒有跑
只是停止了吃草
他們排成整齊的隊列
像一壟壟棉花

狼嚎了一聲:天氣真他媽熱!
所有的羊
都脫下了皮大衣

O lobo e as ovelhas

As ovelhas não correram
quando o lobo chegou
apenas pararam de comer a relva
para se perfilar em parelhas
como algodão semeado

Canícula!
"Que diabo de tempo!"
– uivou o lobo,
E as ovelhas despiram
seus casacos de pele

爲大平煤礦死難者而寫

一具尸體抬出來了
又一具尸體抬出來了
再抬出來的，還是一具尸體
烏黑，但堅硬，像劣質的煤塊

你們，即使在爆炸中
也沒有感到溫暖的你們
被送進了爐火熊熊的火葬場
黑色的烟霧
把下過地獄的人送向天堂

而在人間，寒風逼近，能源短缺
火葬廠
被納入國家的供暖系統

Para os mortos na Mina de Carvão Daping

Os cadáveres foram carregados
um a um,
e o último a ser levado era apenas mais um.
Duros, escuros, como se fossem
carvão inútil.

Ei, vocês, que nem expeliram o frio
quando da explosão
foram atirados no crematório.
A fumaça preta os levou ao paraíso,
as almas queimadas do inferno.

Todavia, no mundo terrestre
o vento continua soprando frio e a energia
é cada vez mais objeto de cobiça.
O crematório? Insumo energético da China.

白夜

我的心中充滿了黑暗
什麼也看不見
甚至那些聲音
也像一塊塊黑布
蒙住了我的眼睛
我渴望光明，永遠的光明
我對一位歐洲女詩人
訴說了我的苦悶和希望
她告訴我
在她那個寒冷的國家
許多人因為漫長的光明
不是精神失常
就是自殺

Noite branca

Tudo estava escuro no meu coração,
nada se via, nada se ouvia,
como se uma venda preta
me vendasse os olhos.
Quis a luz, luz para sempre.
Contei o que sentia a uma poetisa da Europa.
e ela me disse: no meu país, quase sempre frio,
muitas pessoas
ou ficam loucas, ou se suicidam,
devido à luz demasiado prolongada.

阿姆斯特丹

驅車來到阿姆斯特丹,已近子夜
性都的名聲,讓街燈變得曖昧
甚至旅社老闆的表情也像一灘精液

但什麼也沒有發生,對我來說

窗外,河流泛起清晨的反光
天空陰鬱,在梵高紀念館
向日葵折斷陽光,在花瓶裏成爲姐妹
夜空扭曲,在月光中受孕的麥地
卷起瘋狂的波浪

從畫家憂傷的自畫像中
我拎出一隻滴血的耳朵,回到街上
發現阿姆斯特丹
人人都有完整而紅潤的器官

Amsterdã

Quando cheguei de carro a Amsterdã
já era meia-noite.
A reputada cidade do sexo
tornava ambíguas as luzes da rua.
Até o rosto do dono da pensão
insinuava prazer.

Mas nada me aconteceu.

O amanhecer refletia-se no rio
e o céu, muito nublado. No Museu Van Gogh,
os girassóis quebravam os raios de sol
para ficar irmanados num vaso.
Na noite distorcida, a terra de trigo,
grávida de luar,
ondulava enlouquecida.

Do auto-retrato do pintor sombrio
retirei uma orelha, de verdade,
e voltei para a rua: todos estavam com
seus órgãos intactos e saudáveis.

結局

大約在冬季
你給我一塊炙熱的石頭
我把它放在左手
又把它放在右手

日子翻來覆去
石頭漸漸變涼
我的兩隻手
收藏了所有的陰影

Fim

Talvez no inverno
me tenhas oferecido uma pedra,
acesa, tão acesa que a guardava
ora na mão esquerda, ora na outra.

Viraram-se os dias como páginas,
e a pedra, pouco a pouco, congelando.
O que as minhas mãos juntaram
acabou por ser apenas sombra.

長滿青苔的石頭

那只碩大的烏龜
把頭縮在堅硬的家中
一動不動
時間也一動不動

三任動物園園長都已經死了
烏龜還是這樣：
靜止，無爲，長壽
像一塊長滿青苔的石頭
在地球的低處生長

Uma pedra coberta de musgo

Aquela tartaruga,
com a cabeça recolhida
em sua casca sólida e dura,
não se moveu, o tempo passou.

Três chefes do zôo morreram um após o outro
e a tartaruga, quieta:
intacta, plena de longevidade,
como se fosse uma pedra coberta de musgo
crescendo num charco, o mais baixo do mundo.

黃昏的雨

你們敲打著屋頂和門窗
多麼急促,一群光著屁股的孩子
渴望著收留

而我不是河流,不是大地
甚至百孔千瘡的身體
不是一塊海綿
在水中,我只是一頭容易腐爛的動物

風越來越大,一雙雙
漸漸粗大的手,緊緊抓住屋檐
不肯離去

Chuva ao fim da tarde

As gotas da chuva batem no telhado, porta e janela,
com tanta pressa, como crianças nuas
rogando abrigo.

Como não sou rio, nem sou terra,
nem o meu corpo cheio de buracos
é um pedaço de esponja,
em suma, não passo de um animal
que apodrece depressa
caso vivesse na água.

Com o vento agora intenso,
os dedos da chuva tornam-se mais grossos,
avessos ao tempo estiado,
insistindo em agarrar-se
às goteiras do telhado.

三月

又是春天
我又脫下了冬衣
我又推開封鎖的窗子
身體內春雷轟鳴
田野中小花綻開
每年的春天
都在重複中褪去花顏
但我依舊不知道
許多小花的名字
就像從我眼前飄過的少女
我不知道她們的芳名

Março

Eis mais uma primavera,
outra vez mais despi as roupas do inverno
outra vez mais abri a janela cerrada
Os raios da primavera rebentam no meu corpo
e as flores florescem nos campos úmidos.

Todas as primaveras repetem o mesmo destino:
florir e murchar… florir e murchar…
no entanto ainda ignoro o nome de muitas flores,
tal como não sei como se chamam aquelas meninas
que por mim passam como nuvens.

鹹魚

鹹魚如何翻生
你曾經在水中翱翔，尋找那根銀針
曾經許下海枯石爛的誓言
曾經跳出水面，俯視大海
如今，你懸挂在太陽下
風，抽幹你身體中的每一滴海洋
命運强加給你的鹽
腌制著大海以外的時間

但你不肯閉上眼睛
你死不瞑目，你耿耿于懷
你看見屋檐的雨，一滴滴匯成江河
一條鹹魚，夢想回到大海

Peixe salgado

Como é que um peixe salgado retornaria à vida?
Em busca daquela agulha de prata
percorreu todo o mar, prometeu amor,
que só findaria, no caso de as montanhas despencarem
ou de o mar secar,
e, para ver o horizonte, saltou da água.

Agora, pendurado sob o sol,
deixa que a brisa o absorva até a última gota de mar.
E o sal que o destino lhe impõe
salga o tempo para além do mar.

não conseguiu no entanto fechar os olhos
mesmo depois da morte.
Vendo que a chuva cai do telhado
para os rios,
o peixe amargo sonha
seu salgado regresso ao mar.

車過中原

火車在穿越大地
成熟的玉米收容了陽光

歲月漫漫
它們作為種子
無數次地躺下
又作為糧食
無數次地爬起來
它們像我一樣微笑著
滿嘴的黃牙
沒有一顆是金的

Passagem pelo Planalto Central

O comboio passa pelo Planalto Central
onde o milho amadurecido
adota todos os raios do sol

o milho se planta há milênios
deita-se como semente
ergue-se outro:
cereal. Agora, ri para mim
com a boca aberta,
dentes amarelos
mas não de ouro

Encontro de línguas: os desafios da tradução[1]

YAO FENG

Han Yu, poeta e prosador da dinastia Tang, disse: "O mais perfeito dos sons humanos é a palavra. A poesia é a forma mais perfeita da palavra". A poesia é uma arte alquímica que não só não se limita à mera função designativa como também se empenha em atribuir à palavra ritmo, rima, figuração, ambigüidade, semântica, silêncio, vazio etc. Esses aspectos específicos muitas vezes são impossíveis de transportar automaticamente de uma língua para outra, uma vez que "qualquer domínio cultural, qualquer cultura-língua, tem a sua historicidade, sem contemporalidade (total) com as outras".[2] Daí que o tradutor de poesia está confrontado com um permanente quebra-cabeça. Por um lado, se o tradutor insiste em manter as particularidades do poema original, arrisca fazer com que a tradução se deturpe; por outro, caso o tradutor se desligue dessas particularidades, limitando-se à transposição do sentido, poderá banalizar o efeito poético do poema original. Eis uma dificuldade que se coloca ao tradutor, mas constitui,

1. Publicado originariamente em *Sibila*, 5 (nov. 2003), pp. 78-86, sob o título "Leituras das versões portuguesas de um poema de Li Shangyin", e assinado por Yao Jingming. Na presente edição, o texto foi normalizado segundo a ortografia do português do Brasil.
2. Henri Meschonnic, "Propostas para uma poética da tradução", em Jean-René Ladmiral, *A tradução e seus problemas* (Lisboa, 70, 1980), p. 86.

ao mesmo tempo, o encanto que o leva a descobrir as potencialidades de sua língua na enunciação do poema original em sua própria voz.

A tradução é um produto feito pelo tradutor de acordo com sua leitura e com o meio que considera mais adequado, o que sempre implica a competência e situação subjetiva do tradutor. Na realidade, tal como Henri Meschonnic adianta: "Se a tradução de um texto é estruturalmente concebida como um texto, logo desempenha o papel de um texto, é a escrita de uma leitura-escrita, aventura histórica de um sujeito". Nessa perspectiva, o tradutor também é um autor que deve assumir a responsabilidade em relação aos dois sistemas lingüístico-culturais, pois a tradução, nomeadamente de poesia, é uma reescrita que se mestiça sempre com o sangue do tradutor. Partindo de seu ponto de vista lingüístico, Roman Jakobson adverte: "Em poesia as equações verbais são promovidas à posição de princípio construtivo do texto", donde só ser possível traduzir poesia através de "transposição criativa".[3] Parece estar provado que a tradução poética não pode ser meramente uma transposição de sentidos, mas sim uma nova escrita ou reescrita que implica inevitavelmente a criação, fato esse que justifica não haver critérios inalteráveis que iluminem toda a atividade tradutória. Qualquer tradução é uma "aventura histórica" e não definitiva, sobrevive em função das convenções culturais de sua época.

---

3. Cf. Haroldo de Campos, *A arte no horizonte do provável* (São Paulo, Perspectiva, 1977), p. 142.

Tendo em conta algumas considerações acerca da tradução, este artigo pretende fazer uma breve análise comparativa sobre as três versões portuguesas de um poema clássico chinês, a fim de observar alguns aspectos implicados pela tradução de poesia.

Trata-se de um poema amoroso de Li Shangyin, um poeta da dinastia Tang tardia, conhecido pela obscuridade da semântica de seus poemas. No poema em questão, ele explora ao máximo os meios lingüísticos na expressão poética de seu estado de sentimento em relação à amada:

相見時難別亦難，
encontrar-se difícil separar também difícil
東風無力百花殘。
vento leste fraco cem flores murchar
春蠶到死絲方盡，
primavera bicho-da-seda até morrer fio findar
蠟炬成灰淚始乾。
cera vela tornar-se cinza lágrimas secar
曉鏡但愁雲鬢改，
madrugada espelho triste nuvens cabelos mudar
夜吟應覺月光寒。
noite recitar deve sentir raios lua frio
蓬萊此去無多路，
Peng Monte daqui ir não muito caminho
青鳥殷勤爲探看。
Azul pássaro freqüentemente para visitar

Li Shangyin, *Sem título* (Tradução palavra por palavra)

Como muitos poemas chineses escritos no estilo clássico, este poema está sujeito às rigorosas regras de prosódia que jogam os vocábulos ou caracteres a todos os níveis (fônico, lexical, simbólico etc.). Carregado de imagens curiosas e referências mitológicas, o poema tece uma rede complexa de virtualidades fônicas, metafóricas ou metonímicas, desenvolvendo, de uma forma plena, seu conteúdo conotativo. Desse poema, temos aqui três traduções portuguesas em confronto:

> Sempre difícil encontrarmo-nos, difícil também separarmo-nos,
> O vento de leste está sem força e todas as flores murcham.
> Findo o fio, morre na primavera o bicho-da-seda,
> Transformada em cinza a tocha de cera, começam a secar as
> [lágrimas.
> De madrugada, o espelho faz-nos triste, o meu cabelo mudou
> [de cor,
> tornou-se grisalho.
> O canto na noite faz sentir o frio do raio da lua...
> Daqui para Pengshan, o caminho não é longo,
> Pássaro azul, depressa, dá-lhe uma espreitadela.[4]
> *Tradução de Li Ching*

---

4. Li Ching, "Antologia da poesia chinesa", *Revista de Cultura*, 25, II série (1995), p. 107.

SEMPRE DIFÍCIL, encontrarmo-nos, difícil, sempre separarmo-
[nos.
E murcha cada flor no vento que declina.
Terminado que é o fio, morre na primavera o bicho-da-seda.
A vela seca as lágrimas – quando já é cinza.
De madrugada, o espelho faz-me triste, mudados nele os meus
[cabelos.
A voz que canta na noite, acorda o frio sentido do luar.
Daqui não é longe... daqui à ilha dos Imortais,
Pássaro azul, depressa, gostava de lhe dar uma espreitadela.[5]
Tradução de Gil de Carvalho

Vê-la difícil. Não vê-la, mais difícil,
Que pode o vento contra as flores cadentes?
Bicho-da-seda se obseda até a morte com o seu fio.
A lâmpada se extingue em lágrimas: coração e cinzas.
No espelho, seu temor: o toucado de nuvem.
À noite, seu tremor: os friúmes da lua.
Não é longe, daqui ao monte P'eng,
Ave azul, olho azougue, fala-lhe de mim.[6]
Tradução de Haroldo de Campos

Tirando partido do que lhe oferece um sistema significante aberto e plástico que é a língua chinesa, o poeta conferiu à linguagem um caráter dinâmico que permite criar

---

5. Gil de Carvalho, *Uma antologia da poesia chin*esa (Lisboa, Assirio e Alvim, 1989), p. 99.
6. Haroldo de Campos, *A operação do texto* (São Paulo, Perspectiva, 1976), p. 147.

uma atmosfera evocadora onde se projeta sua tensão e densidade sentimental. No entanto, uma série de fatores, tais como a ambigüidade provocada pela elipse dos pronomes pessoais, o jogo das palavras no sentido fônico e metonímico, bem como o paralelismo perfeitamente construído, tornam quase impossível a tradução desse poema, ou melhor, uma tradução satisfatória.

No primeiro verso o poeta descreve a situação em que ele e sua amada se encontram: o difícil encontro torna mais difícil a separação. Nesse verso, foram utilizadas intencionalmente duas vezes a palavra *difícil*, o que não é freqüente na poesia clássica chinesa, que costuma evitar a repetição da mesma palavra no mesmo verso. Gil de Carvalho, para salientar a forte emoção sentida pelo poeta, recorreu a uma medida gráfica: as palavras SEMPRE e DIFÍCIL em maiúsculas. A repetição das mesmas palavras, mas trocadas e acrescidas de uma pausa, conseguiram imprimir uma força semântica e rítmica ao verso, enquanto a versão de Li Ching optou pela estrutura sintática vulgar, que parece um pouco prosaica, embora seja fiel ao original na expressão do sentido. Segundo uma análise de James Y. Liu, no poema original, o sentido da segunda palavra *difícil*, em função da primeira *difícil*, fica mais condensado em relação à primeira, fazendo subentender que a despedida, mais do que difícil, é insuportável,[7] sentido esse que não se enuncia explicitamente no original e, portanto, não mereceu atenção especial tanto

---

7. James Y. Liu, *The art of Chinese poetry* (Chicago, University of Chicago, 1962), p. 137.

de Li Ching como de Gil de Carvalho. Por sua vez, Haroldo de Campos mostrou-se consciente dessa diferença através do recurso à palavra *mais*. Abandonada a tradução literal, a versão de Haroldo de Campos desse verso (e de todo o poema) é muito livre, acentuando o estado de alma do poeta para o qual "difícil [vê-la]. Não vê-la, mais difícil". Essa proposta, em vez de descrever simplesmente o ato de separação, concentra-se na conseqüência psicológica dessa tragédia, ao mesmo tempo que introduz certa musicalidade com o recurso à aliteração. Contra a eliminação dos pronomes pessoais no poema original, as três versões mostram o sujeito na primeira pessoa ou o complemento direto, uma solução inevitável e orientada pelo sistema de chegada.

No segundo verso o poeta salta subitamente da experiência subjetiva para a descrição da paisagem, apelando às imagens para falarem por si. O vento leste, que significa o vento primaveril e é símbolo da força renovadora, já perdeu o fôlego e as flores definharam, estão prestes a cair. Gil de Carvalho eliminou a palavra *leste* ou o sentido *primaveril*, palavra carregada de valor conotativo: as flores a murchar ao débil vento da primavera, estação que as devia fazer florescer. Apesar disso, a versão de Gil de Carvalho funciona bem no plano poético, a saber: ao colocar adequadamente a palavra *declinar* no sentido de evidenciar a figura retórica do original. Por sua vez, Li Ching optou por uma frase coordenada mas palavrosa na transposição do sentido de cada palavra, o que justifica o fato de que a mera transposição de sentido quase sempre deixa de ser interessante na tradução de poesia. Utilizando uma frase interrogativa, divergente do original e das outras duas traduções, Haroldo de Campos optou pela assimilação do verso, exprimindo, a sua maneira, a incapacidade do poeta de "deter o curso dos acontecimentos".

O terceiro e o quarto versos constituem um dístico rigorosamente paralelo, onde os elementos se apóiam ou se implicam mutuamente em duplos sentidos a fim de afirmar um amor leal, inflexível e profundamente sentido. O poeta conseguiu sutilmente captar imagens muito interessantes: o bicho-da-seda e a vela de cera, de modo a transmitir esta sugestão: o fio (da vida e da nostalgia) não findará até o bicho-da-seda morrer; as lágrimas da vela não se esgotarão enquanto seu pavio não ficar transformado em cinza. O poeta tira partido das duas homofonias – 絲 [o fio] e 思 [nostalgia] –, ambas pronunciadas *si* com idênticas tonalidades, exprimindo um sentido duplo. Além disso, como em chinês a justaposição das duas palavras 灰 [cinza] e 心 [coração] forma uma nova palavra 灰心 [coração em cinza, isto é, o desespero ou coração destroçado], o poeta aproveita essa combinação para insinuar uma associação entre a *cinza* e o *coração* do poeta (em chinês, o *pavio* é chamado *coração* de lâmpada ou vela). Com esse jogo engenhoso, o poeta criou uma série de imagens metafóricas e metonímicas, tendo inventado as asas para a imaginação do leitor. No entanto, infelizmente, é verificável que esses dois versos lindíssimos em chinês, memorizados e recitados de geração em geração, sofrem perdas nos níveis fônico, estilístico e metafórico depois de vertidos para o português, devido às limitações lingüísticas, particularmente a impossibilidade de reconstruir uma série de associações. Naturalmente, as três versões portuguesas a nossa disposição deixaram de funcionar com os mesmos efeitos que no original, apesar de não podermos dizer que as versões de Gil de Carvalho e Haroldo de Campos sejam banais no valor poético.

O terceiro dístico, que continua em rigoroso paralelo, mostra uma certa ambigüidade na determinação do sujeito, omitido quase sempre na poesia clássica chinesa. Nos versos anteriores, o poeta nos faz entender que ele fala de seu sentimento sôfrego e do amor de ferro, mas neste dístico o poeta quebrou esse discurso linear e passou a falar de sua amada. O poeta não esclarece essa mudança, mas é possível decifrá-la segundo o contexto do discurso. Imagina o poeta que sua amada, ao ver-se no espelho de madrugada, deve estar angustiada com a mudança dos cabelos; ao recitar sozinha poemas na noite, deve sentir o frio do luar. Mas a ambigüidade causada pela falta do sujeito possibilita outra interpretação: na madrugada, ao ver-me no espelho, estou (o poeta) preocupado com o branquear de seus cabelos; na noite, deves sentir o frio quando eu recito poemas ao luar.[8] Apesar da ambigüidade que autoriza diferentes interpretações, parece custoso aceitar as traduções de Gil de Carvalho e de Li Ching, os quais não entenderam corretamente a palavra-chave 雲鬢. Esta palavra, que descreve os cabelos volumosos e lindos como nuvens, é exclusivamente para a mulher. Por isso, não é que meus cabelos – ou seja, os do

---

8. Interpretação de Xu Yuanchong em *Song of immortals* (Pequim, New World, 1994), p. 145.

poeta – mudem de cor, como os dois tradutores entenderam, mas sim os de *minha* amada. Eis um erro decorrente da negligência ou do conhecimento menos sólido da cultura-literatura de partida. Na versão matizada pelo imagismo de Haroldo de Campos, apesar da linda imagem de toucado de nuvem, que é correspondente ao original, verifica-se uma leitura bastante subjetiva que conduz à amputação injustificável de alguns significados.

O último dístico não apresenta dificuldades aos tradutores. As versões de Gil de Carvalho e de Li Ching são bastante próximas, com exceção da diferença relativa à tradução do nome do lugar: um optou pela manutenção da estranheza do original, o que também sucede com a versão de Haroldo de Campos, e outro decidiu recorrer à adaptação conforme a convenção da língua-cultura de chegada. Com o devido cuidado, Gil de Carvalho colocou uma nota para explicar o *pássaro azul* que é mensageiro, segundo a tradição lendária chinesa, e Haroldo de Campos, para além dessa alusão, esclareceu a origem do monte Peng, igualmente exótico na língua de chegada. Essas medidas são importantes e necessárias para tornar o poema mais acessível ao novo destinatário.

Um poema só acorda ao ser lido. E, em cada leitura, acorda diferente. É exatamente por isso que do mesmo poema temos três versões diferentes – em alguns casos divergentes. Daí que um poema, seja bem ou mal traduzido, pertence ao autor, mas também pertence ao tradutor, que nele projeta seus ecos interiores. Na altura em que não há remédio santo, o tradutor depara sempre com dificuldades a serem desafiadas e vencidas. Além da teoria necessária, o tradutor não pode fazer nada senão aprender com o tempo. Para tal, Chuang Tse, filósofo chinês que viveu há mais de dois mil anos, contou uma história interessante. O cozinheiro do príncipe Wen Hui estava preparando um boi. Cada toque de sua mão, cada oscilação de seu ombro, cada movimento de seu joelho, cada golpe de sua faca, cortando a carne em fatias e separando-a, e o ondear da faca – tudo era um ritmo perfeito, tal como a dança da alameda das Amoreiras ou uma cena da sinfonia de Ching Shou. O príncipe Wen Hui notou: "Como dominas tua arte maravilhosamente!". O cozinheiro pousou a faca e disse: "O que interessa a teu servo é o Tao, que está para além de qualquer simples arte. Quando eu comecei a cortar a carne de boi, não via nada senão o boi. Depois de três anos de prática, deixei de ver o boi como um todo. Trabalho agora com meu espírito, não com meus olhos. Meus sentidos deixam de funcionar e meu espírito toma o comando. Sigo a textura natural, deixando a faca encontrar seu caminho através das muitas aberturas ocultas, aproveitando o que ali está, nunca tocando num ligamento, muito menos numa articulação principal…". "Parabéns", disse o príncipe; "através das palavras de meu cozinheiro, aprendi o segredo do crescimento."[9]

---

9. Chuang Tse, *Capítulos interiores* (trad. de António Guedes; Lisboa, Estampa, 1992), p. 41.

República Popular da Liberdade: a poesia chinesa na internet*

YAO FENG

Segundo as estatísticas fornecidas em 2005 pelo Centro de Informações da internet da China, o número de usuários chineses ultrapassou um bilhão e tende a aumentar à razão de 20% ao ano. A internet está mudando profundamente a vida dos chineses, tendo já se tornado um meio indispensável de trabalho para o estudo, o entretenimento e o intercâmbio entre seus usuários. A internet é uma porta que, logo que se abra, já não fecha mais, sendo o meio mais importante e eficaz para ligar a China ao resto do mundo. Devido à internet, o resto do mundo está hoje na China, e a China foi igualmente integrada ao resto do mundo. No entanto, em minha opinião, para os chineses, a maior importância da internet consiste em oferecer uma plataforma mais livre para a expressão que, no decorrer de um período prolongado, era uma garganta sem voz. Nesse espaço-rede que não conhece fronteiras nem barreiras, todos são iguais para expressar independentemente sua posição social, tendência política ou crença religiosa. Esse fato contribui, sem dúvida, para conduzir a China a um futuro mais aberto, mais democrático e mais liberal, apesar da crescente pre-

---

* Publicado originariamente em *Sibila*, 10 (out. 2006), pp. 56-68, sob o título "Poesia chinesa e internet". Na presente edição, o texto foi normalizado segundo a ortografia do português do Brasil.

ocupação das autoridades em face das vozes dissidentes. Na realidade, as autoridades não fecharam os olhos às possibilidades de expressão que a internet confere às pessoas e tomaram medidas para bloquear ou apagar as críticas ou opiniões consideradas "incorretas". Efetivamente, existe uma apertada vigilância sobre a atividade dos *sites* por meios humanos e técnicos, dado que algumas palavras tidas como politicamente sensíveis são automaticamente rejeitadas nos *sites*. Alguns deles foram até mesmo obrigados a fechar por violarem ou não cumprirem as regras impostas pelas autoridades. Apesar disso, e por causa do desenvolvimento da internet, os chineses nunca sentiram tanta liberdade como agora. Começaram a ter um espaço para se expressarem e para serem ouvidos, para dialogarem coletivamente e discutirem grandes questões ou assuntos meramente pessoais, sem terem de recorrer obrigatoriamente às mídias em papel, sobre as quais as autoridades têm monopólio absoluto. "Estamos aprendendo democracia pela internet", como diz o poeta Yu Jian.

1. Uma pequena retrospectiva

Foi com a fundação da República Popular da China, em 1949, que a literatura chinesa entrou na fase contemporânea. No entanto, desde então até a aplicação da política de abertura e reforma, que começou em 1978, a literatura foi sempre subordinada à máquina política, apresentando um pálido quadro de empobrecimento. "A literatura tem de servir ao povo e à política", impunha Mao Tse Tung. Em

1966, iniciou-se a Grande Revolução Cultural, que durou cerca de dez anos e foi um desastre para o país em todos os níveis. Apesar de ser efetuada sob o rótulo da cultura, essa revolução foi essencialmente um movimento político e causou graves prejuízos à criação literária. Os escritores passaram a ser escravos da máquina política e não podiam escrever livremente o que queriam. Seria criticado ou mesmo castigado aquele que arriscasse se desviar dos cânones determinados pelas autoridades. Mesmo as grandes obras da literatura estrangeira foram proibidas de circular, pois eram consideradas "erva venenosa da burguesia". Grandes nomes, como Shakespeare, Balzac ou Kafka, permaneciam cobertos pela poeira do tempo nas bibliotecas. Curiosamente, o romance *Seara vermelha*, de Jorge Amado, foi um dos poucos poupados, dado narrar o sofrimento e a revolta da camada social oprimida. Enquanto a China enlouquecia devido à revolução, desenvolviam-se novas correntes artísticas e literárias no Ocidente. O próprio Brasil acompanhou de perto essas correntes.

Finalizada a Grande Revolução Cultural, a China adotou uma política de reforma econômica e de abertura para o exterior, o que fez com que o país se libertasse dos sucessivos movimentos políticos e passasse a conhecer profundas mudanças econômicas. A par disso, os escritores e filósofos do Ocidente começaram a ser apresentados em grande escala na China, influenciando a vida artística e espiritual dos chineses. A literatura retomou seu vigor e surgiram muitas obras que refletiam e denunciavam as feridas causadas pela Grande Revolução Cultural. Quanto à poesia, emergiram poetas jovens que conseguiam combinar uma nova linguagem poética com a consciência de intervenção social. Um grupo acreditado em Pequim criou uma revista poética intitulada *Hoje*, que trouxe enorme impacto à poesia chinesa de então, pois apresentava uma poesia mais individual, mais inovadora e, sobretudo, mais sincera e corajosa no sentido de desvendar o rosto cruel da realidade. Em outras palavras: traduzia, de maneira sensível e irregular, o sentir comum de todo um povo. Foi um período prodigioso, em que os poetas gozavam de uma posição particularmente elevada e em que a força da poesia atingia sua maior dimensão social. Há uma série de poetas desse grupo que marcou fortemente a poesia contemporânea chinesa e, dentre eles, o nome de Bei Dao não pode ser contornado, uma vez que era a figura mais representativa daquela época.

Bei Dao significa "Ilha do Norte" e é o pseudônimo de Zhao Zhenkai. Bei Dao nasceu em Pequim, em 1949, e começou a escrever poesia em 1970. Foi um dos fundadores da revista *Hoje* e contribuiu muito para renovar a poesia chinesa, com uma escrita diferente da literatura ortodoxa, que estava moribunda por ser instrumento da propaganda ideológica. Assimilando a poesia moderna ocidental, Bei Dao construía os poemas com imagens curiosas e engenhosas, sem se abster da reflexão sobre a vida social e do espírito crítico e irônico perante uma realidade distorcida pela maldade humana. Apelando para o reconhecimento do valor humano individual numa época em que se sentia a fragilidade da voz contra a escuridão, sua poesia única e imbuída de heroísmo servia de consolo para numerosas almas solitárias, tal como fica demonstrado em "Proclamação":

> Talvez seja chegada a última hora
> em que não deixo senão uma caneta
> em testamento à minha mãe.
>
> Não sou herói,
> numa época ausente de heróis
> apenas quero ser um homem.
>
> O horizonte sereno
> é uma linha que separa os mortos dos vivos.
> Não posso escolher mais que o Céu
> para não me ajoelhar na Terra
> contrastando assim com a elevação do carrasco
> que impede os ventos de liberdade.
>
> Dos buracos estrelados das balas
> jorrará a madrugada em cor de sangue.

Bei Dao deixou seu país natal em 1989 e vive atualmente nos Estados Unidos. Durante a vida de exílio, o poeta não parou de escrever em chinês, mas sentia grandemente a distância da pátria e a ausência da língua materna. As obras que redige no estrangeiro são mais aperfeiçoadas em termos de arte poética, embora deixem de ser tão significativas como as anteriores em relação à realidade chinesa. Com uma linguagem sintética e fria, pela qual tece seu monólogo, Bei Dao continua a construir seu próprio mundo. Tendo sido várias vezes candidato ao prêmio Nobel, Bei Dao é o poeta chinês mais conhecido internacionalmente, e seu trabalho tem sido bastante traduzido. Vejamos "Perfeito", um poema escrito nos Estados Unidos:

No final de um dia perfeito
algumas pessoas insignificantes procuram o amor
deixando as cicatrizes no crepúsculo
Devem ter um sono perfeito
no qual os anjos cuidam de certos privilégios
para florescerem
Quando houver um crime perfeito
o relógio estará no tempo
e o comboio começará a mover-se

No âmbar reside a chama perfeita
que convida os clientes da guerra
para se aquecerem à volta dela

No palco silenciado, a lua perfeita subindo nas alturas
enquanto o farmacêutico prepara
um veneno temporal completo.

2. Dois poetas ativos da atualidade

Yu Jian é uma voz muito forte e singular da poesia contemporânea chinesa. Nasceu em 1954, na Província de Yunan, e contraiu pneumonia aos dois anos. O uso excessivo de medicamentos salvou-lhe a vida, mas afetou-lhe a audição. Sobre isso, escreve: "Eu paguei um preço alto por minha deficiência, pois tenho de lutar muito para ganhar um tratamento igual e o respeito dos outros. Por outro lado, essa deficiência levou-me a entender o mundo através dos olhos, em vez de falar com os outros". Durante a Grande Revolução Cultural, sua educação foi interrompida, e ele passou a viver uma vida desregrada, deambulando com os amigos pelas ruas, enquanto os pais eram forçados a deixar o lar para receber a reeducação, isto é, dedicar-se ao trabalho físico no campo. Quando tinha dezesseis anos, Yu Jian entrou para uma fábrica, onde não só trabalhou como operário como também leu grandes poetas ocidentais, que exerceram uma influência decisiva sobre ele. Simultaneamente, não deixou de encontrar fonte de inspiração na poesia clássica chinesa. Sua poesia debruça-se sobre a terra, baseando-se numa linguagem popular que rejeita os estratagemas constantes da poesia convencional: vocabulário elaborado, imagens medíocres, lirismo exagerado e abuso de metáforas e símbolos.

William Blake escreve que "pode ver um mundo através de um grão de areia". Yu Jian, por seu lado, considera que: "É possível ver a eternidade em qualquer coisa – numa xícara de chá ou numa bala. Tudo no mundo pode ser poesia". Por isso, insiste em ver a eternidade nas coisas mais comuns do dia-a-dia e nos lugares mais inesperados, o que constitui uma das motivações mais importantes para sua escrita. Em 1998, Yu Jian publicou o longo poema "Arquivo Zero", que significou uma tentativa corajosa e inovadora para a poesia chinesa. Na China, existem arquivos controlados por anônimos que representam as autoridades, a fim de registrar o comportamento das pessoas, isto é, os bons feitos e os maus feitos. Absurdamente, a pessoa constante no arquivo não tem acesso a ele, pelo que é forçada a definir seu passado e seu futuro em função do arquivo. Com uma consciência aguda desse fato absurdo, Yu Jian apenas fez justaposição dos termos burocráticos que se usam na elaboração do arquivo para realizar um poema, igualmente na forma de arquivo, e que "contém cinqüenta páginas, quarenta mil caracteres, mais de uma dúzia de documentos oficiais, oito fotografias e seu peso líquido de dez mil gramas". O poema provocou muita polêmica, sendo considerado "apoético" por alguns críticos. Contudo, em minha opinião, trata-se de um texto monumental da poesia chinesa, uma vez que alargou as potencialidades da escrita poética. Em 1999, Yu Jian publicou outro poema longo, intitulado "Voar", no qual fez uma reflexão pessoal sobre a globalização mundial, por meio de um vôo pelo tempo e pelo espaço, de maneira a defender o retorno aos valores tradicionais. Na série de recados, sob a forma de poemas curtos, o poeta insiste em "tomar notas subjetivas", tais como esta:

> O professor veterano
> está praticando Tai Chi debaixo de um pinheiro
> Gestos elegantes
> fazem lembrar um grou branco
> com as penas em crescimento
> De repente, voltou-se

e abriu-se como uma revista:
"Yu Jian, tu sabes
o meu filho
vai para os Estados Unidos."

Outro poeta que marcou a poesia chinesa da atualidade é Yi Sha. Nasceu em 1966, licenciou-se em Pequim e hoje é professor numa universidade de Xian. Trata-se de uma figura representativa da poesia em linguagem falada, um tipo de poesia que recusa a ornamentação artificial e que é de fácil compreensão. "Minha linguagem é nua", como o próprio diz. Cansado de um lirismo superficial e fácil, Yi Sha acompanha sempre de perto a realidade chinesa, ironizando os valores ortodoxos. Elabora uma poesia direta, mordaz, plena de humor, sempre na busca dos significados presentes nos acontecimentos quotidianos. É um poeta bastante produtivo e ativo na internet, onde publica trabalhos quase todos os meses:

No pequeno auditório
do Grupo de Teatro Experimental
exibe-se *Esperando Godot*
mas Godot demora a chegar

Como de fato não existe Godot
ninguém espera por ele

Sonolentos, os espectadores
dormitam

Mas no momento final
alguém subiu ao palco
e todos se surpreenderam com isso.

Quem subiu ao palco
foi o filho tonto do guarda do teatro

Apesar de ser travado
conseguiu chegar ao meio do palco
onde pediu caramelos às tias e aos tios

Finalmente chegou Godot
todos de pé, aplaudiram com entusiasmo.

3. *Sites* de poesia

No rápido processo de desenvolvimento permitido pela internet, parece que os poetas encontraram uma república de liberdade onde podem viajar livremente e sem passaporte. Os poetas derrubaram os soberanos que anteriormente dominavam a publicação dos poemas e agora levam seus trabalhos diretamente ao público. Antes do surgimento da internet, os autores tinham de enviar as obras para os redatores de jornais e revistas, tentando sua publicação. No entanto, como quase todos os jornais e revistas da China, mesmo os de natureza literária, são criados pelas autoridades, os redatores não podem avaliar as obras enviadas senão de acordo com o critério oficial. É certo que esse critério não está regulamentado por escrito, mas na cabeça de cada redator funciona um sistema de filtragem. Por experiência própria e por terem consciência das circunstâncias políticas, eles sabem de antemão quais os trabalhos que podem ou não publicar. No caso de alguma obra "problemática" ser publicada, o redator e o diretor têm de assumir a culpa. Os culpados devem fazer autocrítica, e o pior resultado é a demissão. Há dois anos, por exemplo, uma revista literária de Cantão publicou uma novela que contava a história de um alto dirigente que deveria fazer uma visita de inspeção a uma vila ainda atrasada. A visita seria efetuada de avião, mas a montanha da vila estava deserta, porque toda a floresta já fora cortada. Para ocultar esse cenário, o responsável pela vila mandou os camponeses pintarem a montanha de verde. Assim que a novela foi publicada, a instituição que trata da inspeção das publicações acusou a obra de ter deturpado a realidade, apreendeu-a e criticou severamente o diretor da revista. De modo geral, os redatores têm de fazer autocensura às obras que vão publicar, e muitas vezes dão mais importância ao conteúdo do que ao valor literário. No entanto, a internet quebrou o monopólio das mídias oficiais e concedeu às pessoas a liberdade, embora limitada, para expor publicamente seus trabalhos. Graças à internet, a poesia nunca chegou tão perto das pessoas como agora, visto que, com um computador ligado à rede, já se pode ler, publicar ou discutir com outros poetas. Aliás, a internet é a única na China que possibilita a confluência de sons, imagens, escrita e movimento de um poema. Por enquanto, na China existem mais de trezentos *sites* referentes à poesia, entre os quais se destacam Poemlife [詩生活], Shijianghu

[詩江湖], Eles [他們], Paralelo [平行] ou Comentário de Pequim [北京評論]. Há que se ressaltar que esses *sites* são quase todos criados e sustentados pelos próprios poetas, o que concede independência e autonomia a seus curadores para apresentarem obras, sem que os *sites* sejam condicionados pelo poder oficial. Ao mesmo tempo, as revistas e os jornais em papel já deixaram de ter a influência que tinham anteriormente, sobretudo aqueles que continuam conservadores e não cogitam adaptar-se às atuais circunstâncias da época em que vivemos. Por isso, há muitos poetas que ficam conhecidos por meio da internet, em vez de serem reconhecidos pelas publicações oficiais.

Poemlife <www.poemlife.com>

Foi criado em 2000 pela poeta Lai Er, sendo atualmente o maior *site* de poesia na China. Possui espaços bastante diversificados, tais como o Fórum de Poesia, o Fórum de Tradução, o Fórum de Fotografia, o espaço Informativo, o Blog, ou ainda as colunas reservadas aos poetas consagrados. É, portanto, uma plataforma dinâmica e plural, aberta a todos os poetas, independentemente de seu grupo ou tendência estética, contribuindo para o incentivo da criação poética. Nesse *site* realizam-se, com freqüência, discussões sobre as obras publicadas, e todos os participantes sentem-se à vontade para falar e criticar. Essas discussões são promovidas e realizadas ora pelos curadores, ora pelos poetas e amadores, o que dá lugar a um ambiente democrático para o diálogo coletivo. Além disso, o *site* costuma também editar, para os visitantes, a revista eletrônica que seleciona os melhores poemas.

Shijianghu <http://my.clubhi.com/bbs/661502/>

O nome em chinês significa "Rios e Lagos de Poesia". É um *site* de poesia vanguardista cuja maioria de visitantes é composta por jovens que não têm medo de desafiar os valores morais e os gostos literários tradicionais. Foi por meio dessa plataforma que se formou o Grupo da Parte Baixa do Corpo, que reúne poetas jovens que partilham o mesmo gosto estético. De acordo com Sheng Haobo, um dos poetas representativos desse grupo, o corpo também é parte da cultura, e em sua parte baixa reside a força da inovação da poesia. Durante um longo período, escrever sobre o corpo e o sexo foi um tabu na literatura chinesa. Tal como o homem na vida social, ambos eram oprimidos e sufocados, tornando-se questões proibidas. O Grupo da Parte Baixa do Corpo tentou romper esse tabu, revelando um espírito rebelde. No entanto, o que eles escrevem não é poesia erótica nem pornográfica, apesar de o corpo e o sexo serem temas bastante abordados. De fato, os poetas desse grupo têm contribuído para a inovação da poesia com alguns textos muito significativos, tal como o que se segue, da autora Wunvqinsi, uma moça que ganhou fama pela internet, mas que, entretanto, deixou de publicar:

Naquela primavera de sol maravilhoso
o monte deserto torna-se verde

e o lugar de execução é exatamente nesse monte

Os soldados com espingardas às costas
vigiam o lugar desde os seus pontos mais altos

Vinte e dois criminosos iriam ser fuzilados
para se reencontrarem imediatamente com Marx

De repente, passou-me uma idéia pela cabeça:
a esses homens condenados à morte, mostrar os meus seios,
ainda prematuros, para os verem pela última vez

Esses, que cometeram crimes,
vão morrer com a boa memória dos meus seios
sem mais remorsos.

Eles <www.tamen.net>

É outro *site* muito ativo, presidido por um grupo de poetas que vivem na cidade de Nanjing. O líder desse grupo é Han Dong, um poeta e romancista que provocou um grande debate sobre a arte poética com o poema intitulado "Subir à Torre Dayan". É uma obra que ironiza os temas da poesia ortodoxa, que, por sua vez, exageram secamente os louvores falsos e superficiais, traduzindo uma certa tendência decadentista. Durante algum tempo, outros poetas de grande importância, tais como Yu Jian ou Yi Sha, também simpatizaram com esse grupo. Mais tarde, Han Dong provocou outro debate com o lançamento de seu princípio:

"A poesia tem de voltar a sua própria linguagem". Muitos se opõem a essa teoria, porque a importância da linguagem não pode excluir a referência ou a semântica. Na realidade, nenhum poema de Han Dong excluiu a referência:

Com uma das mãos sobre meu corpo
vais dormir em paz
não consigo dormir, por isso
o peso leve da mão
aos poucos passa a ser de chumbo
a noite é longa
permaneces no mesmo lugar
essa mão só pode ser afeto
talvez tenha outro significado secreto
Não ouso afastá-la
nem acordar-te de repente
quando me acostumo e me afeiçôo a ela
em sonho tu a recolhes, súbito
e ignora tudo

Comentários de Pequim <http://my.clubhi.com/bbs/661473>

É um *site* que serve de base para a corrente poética vanguardista denominada *poesia de lixo*. Esse grupo de poetas pretende exaltar a qualidade do lixo e se debruça mais para baixo, para a terra, para os temas menos elegantes ou grandiosos, à procura de uma poesia "original, de outra qualidade, grosseira, rente ao chão, antiespiritual, desconstruindo os chamados valores nobres e excelsos".

Este poema, elaborado por A Fei, pode ser considerado o manifesto desse grupo:

> Como um elemento mais sujo, juro em nome do lixo:
> Tenho de me afastar da elegância, da nobreza, do ideal e da
> [luta,
> Tenho de me livrar de todas as rédeas e viver no mundo em
> [forma de lixo,
> respirar como lixo e pensar com a cabeça cheia de lixo,
> Tomo os vermes como minha companhia, a sujidade como
> [honra e a morte como o objetivo final.
>
> [...]
>
> Em nome do lixo, confesso publicamente a minha ambição.
> O mundo onde vivem todos os meus compatriotas
> não é mais que um vasto campo de lixo,
> O povo que gera uma geração após outra, como máquina,
> não passa de escravo natural.

O que vale nesse grupo de poetas é sua atitude rebelde em relação à tradição, mas, infelizmente, não foram realizados trabalhos suficientes que justifiquem literariamente seus princípios. Por isso, sua produção provocou apenas uma curta ressonância.

Os organizadores

Yao Feng

Pseudônimo de Yao Jingming, nascido em Pequim, 1958. Doutorou-se em Literatura Comparada pela Universidade Fudan, em Shangai. Atualmente, é professor auxiliar no Departamento de Português da Universidade de Macau. Além de ter traduzido para o chinês dezenas de poetas portugueses, já publicou cinco obras de poesia, em chinês e em português: *Nas asas do vento cego* (1990), *Confluência* (1997), *Viagem por momentos* (1999), *A noite deita-se comigo* (2001) e *Canção para longe* (2006). Recebeu vários prêmios e coordena a revista *Poesia Sino-Ocidental*. Em 2006, recebeu a insígnia da Ordem Militar de Santiago de Espada, atribuída pelo Estado português.

Régis Bonvicino

Régis Bonvicino nasceu na cidade de São Paulo em 25 de fevereiro de 1955. Formou-se em Direito pela Universidade de São Paulo em 1978. Trabalhou como articulista do jornal *Folha de S. Paulo* e de outros veículos até ingressar na magistratura em 1990. Seus três primeiros livros, *Bicho papel* (1975), *Régis Hotel* (1978) e *Sósia da cópia* (1983) foram por ele mesmo editados. Hoje estão reunidos no volume *Primeiro tempo*. Destacam-se entre suas coletâneas: *Ossos de borboleta* (1996), *Céu-eclipse* (1999), *Remorso do cosmos (de ter vindo ao sol)* (2003) e *Página órfã* (2007), esta publicada pela Martins Editora. Entre 1975 e 1983, dirigiu as revistas de poesia *Qorpo Estranho* – com três números –, *Poesia em Greve* e *Muda*. Fundou, em 2001, e co-dirige, hoje ao lado de Charles Bernstein, a revista *Sibila* (http://sibila.com.br). Fez leituras de poemas em Buenos Aires, Miami, Copenhague, Paris, Marselha, Berkeley, Nova York, Chicago, Coimbra, Cidade do México e Santiago. Sua obra já foi traduzida para o inglês, espanhol, francês, chinês, catalão, finlandês e dinamarquês.

Apoio

Bradesco

FORMATO 14 x 21 cm | TIPOLOGIA Bulmer
PAPEL Offset Alta Alvura | IMPRESSÃO E ACABAMENTO Corprint